ダッシュエックス文庫

JN210538

セーブ&ロードのできる宿屋さん
~カンスト転生者が宿屋で新人育成を始めたようです~
稲荷　竜

『死なない宿屋』

冒険者垂涎のそんな都市伝説をもつ宿屋があった。

少女ロレッタはある目的のため、駄目元でその宿屋にたどり着く。

そこで知った『死なない宿屋』の秘密とは。

「セーブポイントです」

そこの宿屋は、異世界から来たという、『セーブポイント設置能力』をもったカンスト冒険者の経営する店だった。

冒険者を引退して宿屋を経営、しかも冒険初心者に修行までつけているらしい。

ロレッタは、叔父がダンジョン内で落とした『家督の証の指輪』を取り戻すため、強くならなければならなかった。

そこで、宿屋主人アレクに修行をつけてもらうことになるのだが……。

一章

ロレッタの『花園』制覇

銀の狐亭《きつねてい》。

その宿屋は大通りから一本裏道へ入ったところにある、うらぶれた建物だった。

石造りの二階建て。

そこまではいいのだが、宿屋の看板がかかっているにしては狭いように、彼女には思えた。

彼女は先ほどから落ち着かない様子だった。

そもそも、気品ある容姿をしているから、汚い裏通りは慣れていないのだろう。

燃えるような赤い頭髪。

薄手の鎧《よろい》はオーダーメイド品で、彼女の体にぴったりとフィットしている。

腰のロングソードは、柄《つか》に宝石のはまった、華美ではないが高級さのうかがえる品物だ。

裏通りにいる人種には見えない。

彼女は、一縷《いちる》の望みにすがって、この宿屋をたずねた。

とある不思議な噂《うわさ》を聞いたのだ。


『その宿屋に宿泊すると死なない』

ダンジョンにもぐってモンスターと戦う職業である冒険者にとって、夢のような話だ。

冒険者は実力が大事だが、それ以上に験担《げんかつ》ぎを重要視する。

だから、そんな心強い噂のある宿屋は、さぞかし流行《はや》っているだろうと彼女は思っていた。

でも、どう見たって、つぶれかけの建物だった。

また噂の一人歩きだろうか。

警戒しながら、彼女は宿屋の入り口をくぐる。


「おや、いらっしゃい」


内装は普通。

カウンターがあり、そこに、エプロンと、丈夫そうなシャツを着た受付の男性が、椅子に腰かけていた。

二階へのぼる階段と、奥の方に広いスペースが見える。

これまで彼女が泊まってきた宿屋と同じように考えるならば、食堂になっているだろう。

受付が男性とは珍しい。たいていは下働きの、しかし奴隷ではない女性がやるものだ。

男性の種族は人間。

年齢は……よくわからなかった。

容姿は若い。でも、雰囲気は老成している。

十代ではなさそうだが、二十代と言われても、四十代と言われても納得しそうだった。

青年のようで、しかし壮年のような男性は、首をかしげる。

「宿泊ですか？」

彼女はハッとする。宿に入っておいて、黙ったままきょろきょろしていたら不審だろう。

咳払《せきばら》いをして、切り出す。

「そ、そうだ。ああ、いや、その前に……妙なことを聞くかもしれないが、よろしいか？」

「はい、なんなりと」

受付の男性は微笑む。

冒険者にはあまりいないタイプの、柔らかい雰囲気に、彼女は少しドキリとする。

「実はだな……『泊まると死なない』と噂されている宿屋を探して、ここに着いたのだが」

「ああ、それならウチで間違いありませんね。ただ、その噂は少し違います」

「そうなのか……違うとは？」

「死なないわけじゃ、ありません」

「なるほど」

それはそうだ、と思い、うなずく。

死なないわけはない。

もちろん、わかっている。宿泊した程度で本当に絶対死なないような宿屋など、存在するわけがないからだ。

魔法も、神の奇跡も、様々な種族も、あるけれど。

蘇生や不死性を付与する魔法はないし。

神の奇跡を信じていても死ぬ時は死ぬし。

不老の種族はいても、不死の種族はいない。

正直に告白する男性に、彼女は好印象を覚えた。

宿屋というのは商売だ。普通、『死なないだろう？』とたずねたら、『それはもちろん！』と言って、高い部屋をすすめてくる宿がほとんどだ。

その誠実さに、彼女は幾分か緊張を解いて、改めて問いかける。

「では、噂の真相はどのようなものなのだ？」

「『死ぬけど、なかったことになる』ですかね」

「……それは、死なないのとは違うのか？」

「うーんと、この世界の人にわかってもらえるように説明するのは、少し難しいんですが」

――この世界の人？

妙な言い回しだ。まるで自分が、よその世界から来たかのような……。

彼女はやや緊張を取り戻す。

「では？　……たしか、その『死なない宿屋』の主人は、冒険者を上がった者だと聞いたが、その方の指導があるから、強くなれるということなのか？」

「まあ、指導はしますけど……新人育成も、ウチの仕事の一つだと思ってますからね」

「……話がよくわからないな。悪いが、宿の主人と話をさせていただけるか？」

「俺です」

「はあ？」

「宿の主人は、俺です」

柔らかな雰囲気の男性は、ハッキリ言った。

苦笑交じりの様子は、この手の反応に慣れている様子にも見えた。

けれど、彼女は不審に思う。

冒険者は、荒くれ者ばかりだ。

基本的に体力勝負の危険な職業なので、冒険者になるしかなかったような乱暴者が多い。

自然、雰囲気は粗雑で乱暴、屈強で迫力至上主義みたいなものになっていく。

目の前の男性の穏やかな様子は、そういう『冒険者らしさ』と対極にあるように見えた。

貴族的とでもいうのか。きちんとした教養がうかがえる。

裏を返せば、剣など握ったこともなさそうな雰囲気だった。

「申し訳ないが、あなたは元冒険者には見えない……客を試すように言われているのか？」

「本当なんだけどなあ。いっつも言われるな、それ。俺はそんなに冒険者に見えないのか」

「全然見えないな。……私も冒険者としては駆け出しに入るのだろうが、それでも、簡単に勝てそうだ」

「いや、あなたのステータスだと難しいと思いますけど……」

「すてーたす?」

「……こっちの言葉です。まあ、とにかく、証明しろと言うなら証明しますけど……その前に一つだけしてほしいことがあるんですが」

「なんだ?」

「ええっとですね」

男性は立ち上がり、右手を横にかざす。

すると、男性が手を向けた先に、不思議な物体が出現した。

宙に浮く、人間の顔ほどの大きさの球体だ。

ぼんやりと発光しており、ふわふわと上下している。

でも、漂いはせず、ある程度の場所に固定されているようだった。

魔法の一種だろうが、彼女は見たことがなかった。

「それは?」

「これがウチの宿屋の目玉ですね。他の宿屋では提供できないサービスっていうか……その、この世界の人にうまく伝わるアピール方法がないんで、いまいち宣伝効果はないんですが」

「つまりなんなのだ？」

「セーブポイントです」

……説明になっていない。

彼女は戸惑《とまど》った。

「あなたはさっきから、不思議なことばかりを言うな……新手《あらて》の詐欺《さぎ》かなにかか？」

「そういうつもりはありません。うーん、やっぱりこの世界の人にうまく俺の世界の常識を伝えるのは難しい……これぱっかりは十年以上やってきても全然慣れないや」

男性はボリボリと頭を掻く。

十年以上やってきて――というのは、宿屋を十年ということだろうか。それとも、冒険者を十年ということだろうか。……どちらにも見えない。

男性はため息をついて、営業スマイルを浮かべる。

「とにかく、どうぞ」

「なにがだ」

「ですから、俺が冒険者上がりに見えないから、実力を試したいんですよね？」

「いや、まあ、それが最も手っ取り早いとは思うが……まさか本当にやるのか？」

宿屋に入って、店主の実力を試すというのは、常識外れだった。

彼女も『簡単に勝てそう』とは言ったが、『ならば勝負してみろ』とまでは言っていない。

道場破りじゃあるまいし、普通しない。

でも、男性にとっては、それが自然な流れのようで、うなずく。

「そうですね。ウチに来たお客さんは、どうにも『冒険者上がりの店主』が『俺』だってなかなか信じられないみたいなんで、いつからか、実力を示す流れが当たり前になってまして」

「……不思議議な宿屋だな」

「こういう不思議さは目指してなかったんですけどね」

男性は苦笑する。

彼女はやや戸惑いもしたが、それでいいか、と思い直した。

たしかに手っ取り早い。雰囲気はいくらでも誤魔化しが利《き》くが、剣を交えれば、誤魔化しは利かない。

『冒険者上がりの店主が経営する、泊まると死なない宿屋』は本当にここなのか。

少なくとも、店主の実力が確かならば、『冒険者上がりの店主』の部分だけは証明される。

「わかった。では、申し訳ないが、実力を試させてもらおう」

「あー、でも、その前に、大事な話です」

「今度はなんだ」

「セーブしてください」

「はあ?」

彼女は首をかしげる。

男性は、穏やかな雰囲気のまま。

当たり前の事実を告げるように。

「手加減はしますけど、間違って殺しちゃうと困るから、セーブだけは、お願いします」

自身が敗北する未来など、どのような間違いがあろうとも存在しないのだと、そう確信しているようなことを言った。

○

セーブする。

と、謎の球体に向けて宣言したところで、男性の望む儀式は終了らしい。

彼女は自分の全身を見下ろす。

体に変化はない。光景にも、変化はない。

本当に『セーブする』と宣言しただけだ。

「これで、死んだらこの地点からやり直せます。ただし、注意点がいくつか。失った装備、アイテム、所持金は戻りません。その代わり、記憶も経験も失わないので、死ぬたびに強くなってやり直せます。実際、俺はその手法でいくつもダンジョンを制覇しました」

ダンジョンを制覇。

……冒険者の常識からすると、それは、いささか強気が過ぎる発言だった。

ダンジョン攻略には三つの段階がある。

調査。

探索。

制覇。

この三つだ。

まずは、発見されたダンジョンを調査する。

マッピングや、ギルドが推奨《すいしょう》冒険者レベルを決めるのが、この段階だ。

これは国に承認を受けた専門機関の仕事になる。

……マッピングを行う者を守る任務ならば、冒険者にもできるが、危険で、ストレスがたまるので、あまりやりたがる者はいない。

次に探索。

ダンジョンに出るモンスターの強さと自分の強さを照らし合わせて、冒険者が依頼を受けて行う段階だ。

主に使われる『強さ』の単位は『レベル』となっている。

そのレベルは、冒険者ギルド、もしくは王室ダンジョン調査局が実施する『レベル検定』に合格することで上がる。

そこで定まったレベルと、クエストのレベルを照らし合わせて、受注するかどうかの目安にするのだ。

別に、自分のレベルよりも推奨レベルの高いクエストを受けられないわけではない。

しかし、死にに行くようなものなので、基本的に、自分のレベルより推奨レベルが低いクエストを受けることになる。

検定でレベル上げをして、より賞金のいい、よりレベルの高いクエストに挑む――

これが一般的な冒険者業務の、ほとんどであり、一生だ。

最後に、制覇。

ダンジョンマスターと呼ばれる、ダンジョン奥地に潜《ひそ》む怪物を倒すことにより成《な》し遂《と》げられる偉業だ。

これは、ごく一握りの、神に選ばれた才能の持ち主しか達成できない。

ダンジョンマスターは、ダンジョンに出現する他のモンスターよりも桁外《けたはず》れに強い場合がほとんどだからだ。

通常、ダンジョンはモンスターを生み出すが――

ダンジョンマスターを倒せば、そこからモンスターが生まれることはなくなる。

なのでダンジョン制覇は、『探索』に比べて格段に賞金が高い。

そのぶん難易度も高く、推奨レベルも高い。

制覇クエストを達成できる冒険者は、一万人に一人と言われていた。

どうにも目の前の男性は、その『一万人に一人』らしい。

彼女は自分を納得させようと、うなずく。

「……まあ、冒険者を上がって宿屋を経営しているのが本当なら、簡単なダンジョンを一つぐらい制覇はしているのだろうが」

「そうですね。確か……五十ぐらいかなあ。趣味で宿屋経営できるぐらい稼《かせ》ぎました」

「おいおい、五十はいくらなんでも、冗談がすぎるぞ。宿屋とはいえ商売なのだから、宣伝文句に迫力が欲しいのはわかるが、それにしたって現実味がなく嘘くさすぎる。その十分の一だとしたって、伝説級の偉業だ。噂になっていないはずがない」

「それは女王様とギルド長に頼んで、あんまりおおやけにしないでもらってるんですよ」

「……そこまで嘘くさいと、逆に信じたくもなるぐらいだが。どうしてこんな、うらぶれた宿屋の、主人かもしれないし主人ではないかもしれないあなたが、ギルド長や女王陛下と知り合いなのだ。色々とおかしいだろう。それとも、今のは笑うところか？」

「まあ信じられませんよね。じゃあとりあえず、実力だけでも信じてもらいますか。手合わせをしたらきっと信じていただけるでしょう。行きましょうか」

男性は伸びをする。

彼女は、戸惑う。

「本当にやるのか？　私はこれでも……モンスター相手ばかりではなく、対人の剣技も、それなりにやってはいる。それに、相手がただの宿屋の受付でも、勝負をする以上は手加減はしないつもりだぞ」

「ああ、俺もしませんよ。だからセーブしてもらいましたし。それに、手加減は苦手なんですよね。もてあそんでいたぶってるみたいになっちゃうし」

「……大した自信だ」

さすがに、あきれる。

そして、興味も湧いた。

ここまで大口を叩《たた》くのだ。ダンジョンを五十も制覇したのは嘘だとしても、それなりの実力は望めるだろう。

「じゃあ、裏庭に。今の時間は、みんな買い出しに行ってますし、巻きこむ心配もない」

男性はカウンターの奥を示す。

彼女はうなずいてから。

「その前に、名前を聞いておきたい。戦う前に相手の名を知らないというのは、どうにも気持ちが悪くてな。まあ、人族が相手の場合に限るのだが」

「貴族みたいな習慣ですね。ああ、その……どうにも名前が、格好よすぎて、未《いま》だに名乗るのに照れるんですが……」

「……自分の名前を格好よすぎるというのは、なんともおかしなお人だ」

「いえ、この世界風の名前っていうか。……アレクサンダーです。アレックスとか、アレクとか呼んでください」

「普通の名前だと思うが……」

「この世界ではそうなんですけどね」

「変わった御仁《ごじん》だな。私は、ロレッタ。……姓はない。それを取り戻すのが目的だ」

「はい？」

「いや、なんでもない。……真剣しかないが、かまわないのか？」

「ああ、はいはい。大丈夫ですよ。武器がなんだって効かないことには変わりないですから」

「……あなたの大口に、早くも慣れそうだ」

ロレッタはかすかに笑う。

男性は穏やかに笑う。

二人は裏庭に向かい――

そして。

○

「先に攻撃してください。俺から攻めると、不意打ちみたいになっちゃうので」

宿屋裏手の、そう広くはない空き地だ。

井戸があって、栽培しているらしき薬草があった。

周囲を家屋に囲まれていて、外からは見えない場所だ。

そのせいで圧迫感があるものの、そこまで狭いというほどではない。

むしろ周囲から見えないというのは、街中で戦うことを思えば、ちょうどいいとも言える。

実際に、剣を持って向かい合う。

ロレッタは二つの点におどろき、あきれた。

一つは、アレクの大口が、こうして向かい合っても今まで通りであることだ。

実際に戦いになれば、ひるみやおびえがあるかと思っていたのだが、少なくとも、度胸だけは本物らしい。

実力が本物かは、これからわかるだろう。

そしてもう一つ。

さすがにロレッタはたずねた。

「今の俺の腕力に耐えられる武器が存在しないんですよ」

指摘すると、彼は困ったように笑う。

アレクは素手だった。

「武器はいいのか？」


「……大口もそこまでいくと、見事なものだ。いくら強い冒険者でも、そんな者が存在するわけがないだろう。それとも、腕力に見合う武器を作製する金がないという意味なのか？」

「いえ、武器は色々試しました。素材もそうですし、ドワーフ族の鍛冶屋《かじや》に作製も依頼したんですけど、一回振ったら壊れるものしかできなくって。それもあって冒険者を引退したんですけどね。素手で殴《なぐ》りたくない、気持ち悪いモンスターもいるんで」

ロレッタは不思議なことに気付く。

先ほどから、大口を叩く彼だが、一度も嘘をついているように、見えないのだ。

こうして向かい合っても、まるで強いと感じられない。

その彼が、すべての大口で、気負ったり、嘘を言ったりしている雰囲気がない。

「……まあ、素手で戦う者も、いないではない。あなたがいいなら、行くぞ」

「ああ、はい。俺に不意打ちをするのは不可能なんで、いつ来ていただいても」

「……そういうことならば」

ロレッタは剣を抜く。

そして、分析を開始した。
彼とこちらのあいだには、おおよそ五歩分の距離がある。
これは通常、どんなに急いだって、詰めるまで動作が二回必要となる。
しかし。
「言っておくが、私は――冒険者としては短いが、剣士としては、長い」
ロレッタは、五歩分の距離を詰める一歩を持っていた。
左足で全身を放つ、矢のような挙動。
予備動作なし。構えた相手にも不意打ち同然に命中する、ロレッタ必殺の初撃。
踏みこみの速度はそのまま突きとなって相手に襲いかかる。
だが。
「あの、殺す気でいいですよ」
アレクは、眉間《みけん》を狙って放たれた剣先を、指でつまんだ。
ロレッタは呼吸を忘れる。
たしかに、殺す気はなかった。
寸止めするつもりだった。
当たり前だ。ただの宿屋の受付を殺してしまうわけにはいかない。
でも。

まさか止められるとは思わなかった。

そこまで遅い突きではないし、そもそも――『自分の頭部に向けて放たれた突きを、指でつまんで止める』などと、普通は思いつきさえしない。真剣の突き自体がそこまで軽くない技だ。

なのに、アレクは大して力をこめた様子さえなく、むしろ困ったように頭を掻いた。

「参ったな。いや、実力を示すことになる機会は多いんですけど、だいたいみなさん、殺さないつもりで来るんですよね。……俺、そんなに弱く見えますか？」

悩むように問いかける。

でも、彼につままれた剣は、ピクリとも動かない。

ロレッタは呼吸を再開し、力いっぱい、剣を引っぱって――

それで、ようやく、彼は思い出したようにつぶやく。

「申し訳ない。俺が放さなきゃ動けないですよね」

彼が力をゆるめれば、動かなかった剣が動くようになった。

ロレッタは目を見開き、アレクを見た。

彼は苦笑交じりに言う。

「やり直しましょう。どこを狙ってくれてもいいです。万が一当たっても、俺、丈夫なんで。セーブもしてありますし。遠慮なくやっちゃってください。その方が納得するでしょ？」

納得というのなら、もうしそうだ。少なくとも、彼はただの宿屋受付ではない。

彼の腕力に耐えられる武器が存在しない、という話だって、真実味がある。

だからロレッタの目的は明確に変化した。

今までは『試す側』のつもりでいたが、ここからは『試される側』だ。

彼に通じる一撃とはなんなのかを、検討して。

ロレッタは、剣を鞘《さや》に納めた。

「……ところで質問をいいかな？」

「はい？　まあ、いいですけど」

「今からでも遅くない。鎧をつけたりはしないのか？」

「並みの鎧より、俺の皮膚の方が丈夫なんで」

「そうか。その言葉、信じる……いや、おかしいが、まあ、そう言うなら、行くぞ」

納めた剣の柄に手を添える。

鞘越しに魔力をこめる。

――剣技を使う。

冒険者には二種類いる。

魔法の力により、大自然に働きかけ、炎や風を操る者。

そして、魔法の力を肉体にこめて体を強化して戦う者。

ロレッタは後者だった。特に、剣術の適性が高い。

中でも得意とするのが速度を上げる技術だ。

「予告する。斜め下から、右の脇腹を通って、左の肩まで斬り上げる。備えてくれ」

「あー、なるほど。この世界にも居合いってあるんだな……わかりました。でもいいんですか？　軌道を明かしたら、相手が誰だって受け止められると思いますけど」

「問題ない。軌道を明かした程度で普通の者に受け止められる技を、奥の手には、しない！」

剣を抜き放つ。

ただし、その動作はおおよそ人の目にとまるものではなかった。

見えたものは光だけだろう。

こめた魔力の輝きが剣の通り道に残る。ちらつく光は宣言通り、斜め下から右の脇腹を通る軌道。強化した腕力と、なによりその速度をもって人の胴体程度やすやす両断する一閃《いっせん》。

だというのに、彼は。

「意外と速くてびっくりしました」

腕を軽く曲げて、剣が脇腹に迫る前に止めていた。

その腕の感触は弾力性があるのに金属よりなお硬いという、異様なものだ。

剣の切れ味を落とす魔法でも使われたかと思うような、不可思議な現実。

けれど、彼の切れた袖《そで》が、そんな小細工はなかったのだと証明している。

ようするに。

単純に、彼の語る話に大言壮語はいっさいなく。
彼の腕力に耐えられる武器は、真実、この世になく。
彼の皮膚は、真実、鎧よりも丈夫で。
「今のはいい攻撃だったと思います。じゃあ、反撃しますね」
……彼は、真実――
手加減が苦手なのだと。
腹部を拳《こぶし》で打ち抜かれる感覚を覚えつつ、ロレッタは笑った。

○

意識の覚醒。
気付けば、宿屋受付に、彼女は戻っていた。
目の前にはアレク。
最初の時のように、受付で椅子に座っている。
一瞬、彼女は時が戻ったかと思ったけれど。
「おかえりなさい。やっぱりロードまでタイムラグがありますね」
彼が、そのように言ったことで、時間は戻っていないのだとわかった。

ロレッタは腹部を触る。

……身につけた鎧に、穴が空いていた。

下に着ていた服も穴がある。

しかし体には傷一つない。

「……たしか、失った装備は戻らないと言っていたな」

「はい。本当は装備のない頭を狙えばよかったんですけど……女の子の顔を殴るのは、抵抗があって」

「紳士的な気遣《きづか》い、感謝する。……なるほどこれが『死なない宿屋』の秘密か」

「そうですね。死んでも、やり直せる。他にも、『ロードする』って宣言すれば、セーブした地点からやり直せます。まあ、俺がセーブポイントを消すと効力なくなりますけど……あ、それと、失った装備、アイテム、金銭は戻らないんですけど、獲得したものは、もともとあった場所に戻ったりはしませんから、ご安心を」

「……面妖《めんよう》な、どういう仕掛け……いや、いい。効能はわかった。泊めていただきたい」

「おや、宿泊ですね」

アレクが嬉しそうに言う。

そして、カウンターの下から宿帳と羽根ペンを取り出した。

「これに名前の記入を。部屋は全部料金一緒です。食事は、一階の食堂で。ただ深夜は営業していないので、朝から夕方までの利用でお願いしますね」

「わかった。それでは、部屋代を――」

「あ、料金は後払いです」

「珍しいな。だいたいの宿屋は先払い制だと思うが……特に、冒険者を客にする宿屋は」

支払わずトンズラする冒険者も珍しくない。

冒険者の中には、冒険者を名乗る犯罪者だって少なくないのだ。

「うちは新人育成がメインなんで。お金のない駆け出しの時に泊まって、支払いはクエスト攻略したあとでもいいっていう……それに、いざ払われなくてもどうにかなるぐらいの蓄《たくわ》えはあります。あと、俺から逃げられる人はたぶん存在しないので」

「ずいぶん大口を叩くものだと思っていたが、今聞くと、本当のことなのだと思える」

「俺は嘘とか苦手なんですけどね……なぜかみなさん、俺の言葉を嘘とかハッタリだと思われるんですよ」

「いや、あなたの語る話は、どれもありえないものばかりで、世間でそんなこと口にすれば泥《でい》酔《すい》していると思われるのが普通だ」

「本当なのになあ……」

「五十ものダンジョンを制覇した、ギルド長や女王陛下と知り合い、などは未だに私も信じていない。さすがにそれは、酔漢でもあからさますぎて避ける与太話だ」

「それも本当なのになあ……」

「だが、強い冒険者だったことと、この宿屋に泊まれば『死んでもなかったことになる』のは信じた。体験したからな」

「そこを信じてもらえたならよかった。この世界の人には、なかなか理解されなくって。セーブ&ロードっていう概念《がいねん》は、やっぱりゲームを知らないと……」

「ゲーム？　カードゲームなどか？　酒場でやるような」

「いえ、この世界の言葉では、該当《がいとう》する表現はないみたいです」

「……先ほどから、あなたはよく『この世界』という表現をするが……」

「俺、異世界から転生してきたんで」

「……はあ」

「そういうリアクションをされるのは知ってました。ただ、まっとうな現地人のフリしてるとあとでボロが出そうなんで、正直に言ってるだけです。理解はされなくても大丈夫ですよ」

なにやら事情がある様子だったが、ロレッタにはよくわからなかった。

冒険者上がりということなので、人に語れない出自もあるのだろうとだけ理解する。

「……ともかく、私はこれからしばらく王都西に最近発見されたダンジョンに通うつもりだ。制覇を目指すので、それまで世話になる」

「王都西で、最近発見っていうと――『花園』ですか」

「さすが、冒険者の宿屋主人だ。情報収集には余念がないな」

「たしか『制覇者推奨』のダンジョンだったと思いますけど。お客さん、見たところまだ『探索』でも新人って感じですよね？」

「……そこまでわかるのか」

「ステータスを見ればなんとなく」

「……それも、異世界の言葉か？」

「そうですね。ステータスっていう表現でわかりにくければ、強さって表現しますけど」

「私は弱かったか？　……あなたに比べれば確かに弱いだろうが、そこらの駆け出しよりはよほど強いという自信があったのだが……」

「そのですね……剣技は上手なんだけど、それだけっていうか」

「……」

「力押しとか、めちゃくちゃな戦いとかをしないようにしてるのは立派なんですけど、その分小さくまとまってる感じですね」

「…………」

「相手が人で、試合でもしてるなら充分なんですけど、冒険者の主な相手はモンスターですから、想定外の事態とか、剣技使ってる場合じゃないケースとかはかなりあるわけで、今のあなただと相手がきちんと自分と向かい合って、正々堂々勝負してくれるんでもないと実力の半分も発揮できないと思いますよ」

「…………」

「総合的に言えば、冒険者を始めて二週間と少し、レベル三十ぐらいのダンジョンに挑めるようにはなったものの攻略がうまくいかずに伸び悩んでおり、突破口もないって感じですかね。あ、ちなみに『花園』はレベル百でしたっけ。今のままだと挑めるまで三年ぐらいかかりそうですねえ。制覇までは十年でしょうか？」

「…………」

「どうでしょうか、俺の見立て」

「……………………うむ、まあ、だいたい、合っている、かな」

だいたいどころじゃない。見てきたのかというぐらい正確だ。

言われるたびになにかが心に突き刺さる気分だった。

ロレッタはよろめきつつ、言う。

「早いところ『花園』の制覇にとりかかりたいのだが……まだ入り口にもたどりつけない……それどころか『花園』の半分以下のレベルでつまずいている……小さくまとまって……伸び悩んで突破口がなくて……」

「お客さん、どうしました？　元気ないみたいですけど」

「いや、その、自分でもわかっていたつもりなのだが、人に言われると、かなり……辛《つら》い」

「ああ、すいません……嘘がつけないたちなので」

申し訳なさそうな声音だけれど、とどめを刺しにきたのだろうか。

アレクが言葉を続ける。

「あの、お客さん」

「……なんだ。これ以上なにかを言われたら膝《ひざ》をつきそうなのだが」

「そうですか？　じゃあ、お部屋にご案内した方がいいでしょうか？」

「いや、気になる。言ってくれ」

「はい。では……サービスの一環で、お客様に修行をつけようというのがありまして」

「修行？」

「一応、冒険者を長くやってきたもので。駆け出しの才能を伸ばすのも役目かなって……それに俺は人のステータスが見えますから。効果的な修行をつけられますよ」

「なるほど。ちなみに、あなたぐらい強くなるにはどのぐらいかかる？」

「ははは。そうですね……十年間、一日も欠かさず、日に六十回以上死ぬような難易度のダンジョンに挑み続ければ、誰でも俺ぐらいになれますよ」

「……質問を間違えたらしい。『花園』を制覇できるぐらいに強くなるにはどのぐらいだ？」

「一週間で」

聞き間違いかと思った。

普通、ひとかどの冒険者になるには五年必要だと言われている。

そして、ダンジョン制覇を成し遂げる者は、ひとかどの冒険者の中でも、さらに選ばれた一握りだ。

あまりに到達者が少ないので、もう『才能のない者には永遠に無理』と言われるほどだ。

それを、一週間で。

ロレッタは少しだけひるんだ。

「……あなたが思うほど、私は才能ある冒険者ではないかもしれないが」

「才能なんかいりませんよ。鍛《きた》えれば誰でも強くなれます」

「そうは言うが、やはり最終的な強さを決めるのは才能だろう？」

「でも、お客さんの目標はダンジョン制覇では？　世界最強とか目指してないですよね？」

「……お願いだから、あなたの基準でものを語らないでくれ。多くの冒険者にとってダンジョン制覇とは『切望してそれでも叶《かな》わないもの』だ」

「それはみなさん、死んだらおしまいだから、無茶ができないだけですよ。無茶な鍛え方したら余裕です」

「それで死んだらどうするのだ」

「ロードすればいいんです」

……そうだった。この宿屋は、死んでもなかったことになる。

失った装備やアイテム、金銭は戻らないが――

獲得したものは、残る。

宝でもお金でも。

経験でも、強さでも。

「なるほど、確かに、死にものぐるいになれば、私でも一週間で『花園』攻略が叶うかもしれないな」

「そうですよ。死にものぐるいになって死んでも、死ななかったことにすればいいんです」

「あなたの言っていることはめちゃくちゃだが、めちゃくちゃなことを普通にやってしまえるからな」

「めちゃくちゃかなあ……トライ&エラーはＲＰＧの基本だと思いますけど」

「またわけのわからないことを」

「とにかくですよ。一つしかない命だから、死んだら怖いし、生きたいんです。一つしかないものは大事ですからね。だから、命の価値を下げるところから、まずは始めましょう」

言葉だけ聞けば、なにを言っているんだという感じではあるが……。

彼は、『死んでもなかったことにできる』人なのだ。

それに、駆け出し冒険者を応援したいという気持ちは本当だろう。

ロレッタは彼の修行を受けることにした。

「わかった。あなたに、私の修行をお願いしたい」

「はい。ああ、ちなみに、修行代は部屋代にふくまれてますので、ご安心を」

「それは助かる。今はあまり金がなくてな」

「冒険者を始めて二週間ぐらいが、一番金銭的に苦しい時期ですよね。装備の手入れとか、宿泊代とか、ギルドへの会費とか」

「うむ。冒険者も意外と様々なしがらみを背負って生きている。市井《しせい》に出て初めてわかった。得がたい経験だ……それで、修行はなにをするのだ？」

何気ない問いかけ。

アレクもまた、何気なく答えた。

「断崖絶壁《だんがいぜっぺき》から飛び降ります」

宿帳をしまいながら、もののついでとばかりの調子で言う。

ロレッタは耳を疑った。

「す、すまないのだが、もう一度お願いできるか？　今、遠回しに『自殺しろ』と言われた気がしたのだが」

「間違ってませんよ。修行の第一歩は、自殺です」

「は？」

「ですから、命の価値を下げるんですよ。ほら、死ぬのが怖いと思ってたら、死にそうになった時に逃げちゃうでしょ？　死ぬなら前のめりでいくための、第一段階で必要なんですよ」

柔らかい笑顔で言ってのける。

ロレッタは、今さらながら気付いた。

彼は、雰囲気こそ優しげだが――

頭はちょっと、おかしいかもしれない。

○

「三回目ぐらいになるとな、痛みがわかるから、とても怖いのだ。でも、四回、五回と繰り返すうちに、慣れていく。考えてみれば、この大陸には数十万の人が暮らしているではないか。私一人の命など、取るに足らない。吹けば飛ぶ、羽毛のようなものだ。その塵芥《ちりあくた》同然の命が、ダンジョン攻略のために消費されることにより、数万の人を危機から救うのだ。死ぬと思った時、自分一人の命を守ろうと逃げるのは、愚かだ。死は恐怖すべきことではない。死は多くの人の糧《かて》なのだ。だから、死の恐怖に直面した時は全力で前に出ないといけない。私はついに、そのことを理解した」

ロレッタは数十回の飛び降り自殺によって、悟りを開いた。

ここは街の南にある、断崖絶壁だ。

むき出しの岩肌に、底の見えないほど深い絶壁。

世界の果てと言われている場所で、ここ以南は、絶壁のせいで未開の土地になっている。

日差しがやけに厳しく感じる、昼時——

部屋に荷物を置いたロレッタは、早速、連れ出されていた。

曰《いわ》く『いつも使う、自殺にちょうどいい絶壁』だそうだ。

……さらりと恐ろしいことを言う人だった。ひょっとしたら自分はとんでもない男の宿屋に泊まってしまったのではないかと、ロレッタは思い始めていた。

アレクはにこにこ笑ったまま、地面に敷いた布の上に座っている。

膝には木で編まれたランチボックスがあった。

そして、横にはセーブポイント。

セーブポイントと逆鱗には、大きな風呂敷包みがある。

大人が三人ぐらい入れそうな、現実味のない大きさの包みだ。

アレクは軽そうに背負っていた。

が、彼の腕力を知っているので、中身はまったく想像がつかない。

中身が風呂敷と同じ大きさの金属の塊《かたまり》でも、アレクは表情一つ変えなさそうだ。

彼が笑顔のまま言う。

「いやあ、お客さん、意外と早く死ぬのに慣れましたね。飛び降りの思い切りもいい。人によっては蹴り落としたりもしてたんですよ」

「……素朴な疑問なのだが、あなたはどうして犯罪者として捕まっていないのだ？」

「え？　そりゃあ、犯罪者じゃないからですけど……」

「人を殺したら犯罪なのだぞ」

「殺したらですよね。でも、死にませんから。みんなセーブしてもらってますし。お客さんだって生きてるでしょう？」

きょとんと首をかしげる。

ロレッタは、彼とのあいだに妙な隔《へだ》たりを感じた。

きっと常識の壁なのだろうと思う。

この人、頭おかしいよ。

「……ところで、私はまだ飛び降りるべきか？」

「いえ、もう大丈夫でしょう。あと、お喜びください。ステータスも上がりましたよ。丈夫さが伸びてます。今の数値だと、素人《しろうと》の振った剣ぐらいなら腕で受けても傷一つないですね」

「そんな人間がいてたまるか……と言いたいが、あなたの常識だと、剣を素手で受けるぐらいなんでもないのだろうな」

「皮膚が剣より丈夫になれば、理論上可能ですから」

「普通の人に不可能という点を除けば見事な論理展開だ」

「なにを言ってるんですか。普通の人にも可能ですよ。不可能なのは、飛び降り自殺を繰り返して短期間でその境地に達することだけです。これぱっかりはセーブ&ロードができないと無理ですからね」

「いや、たとえできても、精神的に……ああ、もういい。あなたに常識を説いたところできっと無意味なのだろう……」

普通の人は、無事に済むとわかっていても、飛び降り自殺はしない。

怖くてできない。

どうにもそのあたりの常識が、彼には欠落しているようだった。

「これで修行の第二段階に移れますね」

アレクは喜ばしそうに言った。

ロレッタは死んだ目で彼を見る。

「もうなんでも来い。怖いものなど、ない」

「いい目です。じゃあ、第二段階ですけど、死ぬほど食べましょう」

「……すまない。何度も死んだせいで耳がおかしくなったのかもしれない。なにか今、修行らしからぬことをせよと言われた気がしたのだが」

「いえ、修行ですよ。駆け出し冒険者に必要なのは、一に丈夫さ、二に体力ですから。何度も死ねるから防御系ステータスはいらないと思われがちですけど、一番やっちゃいけないのは、強い敵にわけもわからず殺されることです。相手を観察して動きを学ばないと、何度も死ねるアドバンテージの意味がありませんからね」

「理屈はわかるが、あなたの発言は、いちいち理屈しかわからない」

言っていることは理解できるが、お前の気持ちはわからない、というやつだった。

考えていることを素直に開示してくれているのは、いい。

だけれど、その考えに至るまでの道筋が一切理解できない。

「まず、なぜ食べると強くなるのだ？」

「ＨＰ《ヒットポイント》が上がります。あー……っと、体力というか、死ぬまでの残り時間っていうか、そういうものですね」

「食事なら、普段も普通にしているが」

「でも、食べ過ぎが原因で死んだことはないでしょう？」

「もちろん、ないが……」

「だから、食べて死にましょう」

「すまない。どれだけ説明されても、感情が理解を拒《こば》む」

「みなさんそうおっしゃいますね。でも大丈夫。理解しなくても強くなれます」

「そういう話ではないのだが、きっと、あなたにはなにを言っても無駄だろうな……」

「あ、食べて死ねば、太らないみたいなんで、そこは安心してください。変に生き残ると太りますけど……」

「そんな心配をする余裕などなかったが……まあいい。あなたに修行をお願いしたのは私だ。まだ効果は実感できないが……確かに精神は格段に強くなった気がする。一定の効果はあるのだろう」

「えっ？　精神の修行はまだですが……」

「逃げたくなってきたぞ」

「大丈夫です、俺から逃げられる人は、たぶん存在しませんから」

「なにも大丈夫ではない……その発言だけで心が折れそうだ」

「折れたら折れたで、まあ」

「『まあ』の後に続く言葉はなんだ。頼むから言ってくれ」

「……大丈夫でしょう、たぶん」

「なにがあってもくじけないつもりでいた。そのつもりで、家を飛び出した。しかし、私はひょっとしたら人生の選択を誤ったのかもしれないと、今、思っている」

「ロードします？」

「最後にセーブしたのはすぐそこなので、意味はないな」

「あ、いえ、その、緊張をほぐす小粋《こいき》なギャグのつもりだったんですけど」

「こんなに心が凍る冗談を聞いたのは、生まれて初めてだ」

ロレッタは、口の中で小さく「おかあさん」とつぶやいた。

意識してのことではない。ただ、あまりの苦境に、つい、口走ってしまったのだろう。

精神修行はこれかららしいので、終わったころには、そんなつぶやきすらできない存在に改造されているかもしれない。

妙に悲しくなってくるロレッタだった。

アレクは柔らかい雰囲気で笑っている。

もう、ただ笑っているだけなのに、怖くて仕方がなかった。

でも修行を頼んだのは自分だ。

それに、どうしても『花園』を制覇しなければならない事情もある。

ロレッタは、頰を叩いて気合いを入れた。

「……よし、覚悟を決めたぞ。修行をつけてくれ」

「袋いっぱいに炒《い》った豆が入ってますから、これをどうぞ」

「わかった。どのぐらい食べればいい？」

「ですから、これをどうぞ」

「いやいや……だからな、その、大人が三人は入れそうな、非現実的な大きさの包みに入った豆から、どのぐらいを食べればいいのかと、私はたずねているのだが」

「ですから、この袋いっぱいの豆を、どうぞと、俺は申し上げているのですが」

「あなたは私の胃をなんだと思っているのだ？　自由自在に伸び縮みするとでも？」

「ははは。やだなあ、お客さん。自由自在に伸び縮みしたら死ねないじゃないですか。胃をぱんぱんにして、食道までのぼって、呼吸困難になって死んでくださいと言ってるんですよ」

「ははは。なるほどな。修行をする前に、私から一つお願いがあるのだが、よろしいかな？」

「はい、なんなりと。お聞きしますよ」

「助けて」

「なるほど。お気持ちはわかりました。さ、では、豆をどうぞ」

宿屋店主からは逃げられない。

ロレッタはもう一度「おかあさん」とつぶやいた。

今度は意識してのことだった。

○

「感想？　そうだな……私は、炒った豆を決して許さない。やつらは口の中の水分を奪ってい

くのだ。奪われた口の中の水分たちのためにも、私は炒った豆に復讐を誓う」


修行を終えて、ロレッタは復讐心を覚えた。

瞳はいくらか濁《にご》っている。

死ねば自動でロードされて、色々となかったことにはなるものの、記憶は残るので心の傷はなかったことにはならないのだ。

だからロレッタは懇願《こんがん》した。

「お願いだ。休ませてくれ。これ以上の修行は、もう、無理だ。明日がんばる。明日から、きちんとがんばるから、今日はもう、休ませてください」

必死だった。

アレクは笑って、承諾《しょうだく》する。

鬼畜宿屋店主が神に見えた瞬間だった。


というわけで、宿屋『銀の狐亭』の客室である。

二階にある部屋のうち、もっとも奥の角部屋だ。

荷物を置きに一度入ったが、あらためて部屋を見回す。

ベッドと化粧台が置いてあるだけの、簡素な部屋だ。

建物自体は石造りだが、内部は木材で補強してあり、温かみがある。

どうやら壁にはクローゼットが埋めこんであるらしい。

珍しい形式だな、とロレッタは思った。

特に、クローゼットを壁に埋めこむという様式は見たことがない。

入り口から部屋をながめる。

隣でアレクが、説明を続けた。

「トイレは一階、食堂スペースにあります。風呂は決まった時間、裏庭に設置される仕組みとなっております」

「……トイレに、風呂？　ここは貴族の屋敷かなにかか？　普通の民家には存在しない高級設備ばかりだな」

「いや、そのへんはちゃんとしてないと俺がイヤなんで……なので、工務店に色々無理言って造ってもらいました。この埋めこみ式クローゼットも、俺の発注なんですよ」

「ふむ……ずいぶんと不思議な発想をするものだな。まあ、あなたなら当然か」

「いえいえ、俺のいた世界のものを、そのまま持ってきてるだけですよ。俺が前にいた世界の人なら、きっと誰でも考えつきます」

「あなたのいた世界の人は、みな、あなたと同じような思考をするのか……」

神話において罪人が落とされるという場所ですら、そこまでひどい世界ではないだろう。

なるほど彼は獄卒《ごくそつ》のたぐいであったかと、ロレッタは妙に納得した。

「トイレはですね、くみ取り式しかないかと思ったんですけど、制覇したダンジョンのスライムが排泄物《はいせつぶつ》を食べるみたいなんで、そいつでどうにかしてます。食べて大きくなったスライムは分解して畑にまくと、いい野菜が育ちますしね」

「……その、肥料に使うとは聞くが、実際に口にするものがそうしてできていると解説するのは、やめてもらいたいな」

「ああ、すみません。けっこう苦労したあたりなんで、つい、自慢したくて」

「そういうことであれば仕方ないが……しかし、制覇したダンジョンなのだろう？　ということはそのスライムはもう増えず、いつか尽きると思うが」

制覇とは、ダンジョンマスターを倒すことだ。

そして、ダンジョンマスターを倒されたダンジョンは、モンスターが生まれなくなる。

なので至極まっとうな疑問なのだが。

アレクはあっさりと言う。

「実は制覇したことにしてもらって、今はスライム工場にしてます」

「…………あなたが今話していることは、重大な冒険者ギルド規定違反だぞ」

クエストを受けて、達成していないのに、達成したと報告してはいけません。

場合によっては冒険者の資格を取り上げられ、さらには法律で裁かれ、投獄されることもありうる。

「というか、制覇の賞金は高い。普通は、調査団が本当に制覇したのか確認するはずだが？」

「そのあたりはギルド長と話がついているので……女王様も、下水問題、特に、においのあたりを解決できそうな発見だって言って、今、研究してくれてるみたいですし」

「どうしてだろう、先ほどまで大言壮語にしか聞こえなかった、あなたの謎コネクションの話が今では真実に聞こえる」

この人ならなにがあっても不思議じゃないという、気がしていた。

信頼とは少し違うだろうが。

修行の過程で洗脳されたのかもしれないと、ロレッタは危機感を覚えた。

アレクは嬉しそうだった。

「ようやく信じてもらえそうで安心しました。俺は本当、嘘は全然言わないんですけど、お客様に全然信じてもらえなくって、いっつも苦労してるんですよね」

「……酒場の酔漢でさえ語るのをためらうような話ばかりだからな」

「普通、ダンジョンを五つも制覇するころには女王様と知り合いになってると思うけどなあ」

「そうなのだろうが、まずダンジョンを五つ制覇というあたりが前人未踏《ぜんじんみとう》で、普通ではない」

「そうですかね？　でも、普通は――」

「悪いが、あなたと『普通』について語り合う気はない」

「……じゃあ、最後に、風呂の説明を」

「ありがたい。実は、私は風呂が好きなのだ。しかし家を飛び出してからというもの、風呂のある宿に泊まるなどという贅沢《ぜいたく》はできず……家には風呂があったので、他の家屋にもあるものと思っていた私には、ずいぶんな衝撃だった」

「わかりますよ。俺もこの世界に来て、風呂文化が貴族にしかないっていうのが一番衝撃的でしたから。俺のいた世界だと、普通に一家に一風呂あったのに。……あれ、ってことはお客さん、貴族なんですか？」

「……まあ、その。色々あって、今はただの冒険者だ」

「そうですか。詮索《せんさく》はしませんけど、隠してるなら気をつけてくださいね」

「気遣い、感謝する」

「とにかく、風呂は、時間制です。女性の時間、男性の時間、清掃の時間が定まっています」

「なるほど。しかし、先ほど中庭であなたに殺された時、風呂らしきものはなかったように思えたのだが」

「ああ、俺が魔法で作るんですよ」

「……風呂を作る魔法など、聞いたことがないのだが」

「石壁を作る魔法を、五つ同時に発動しまして……」

「待て待て待て」

「はい？」

「その、説明が入り口からおかしいのはあなたの会話術かなにかか？　魔法を五つ同時に発動？　一人が同時に使用できる魔法は、一つまでだろう。大魔術師と呼ばれる存在で、ようやく、二つ同時発動ができる程度だ」

「いやでも、五つ同時に発動ぐらいはできないと、詰まるダンジョンがありまして。必要だったんですよ」

「必要だからといって世界を揺るがしかねない技術を開発しないでいただけないか。世の中には必要とわかっていてもできないことばかりで嘆《なげ》いている人がたくさんいるのだぞ」

「世界を揺るがしかねない、ねえ。魔法を同時に使えたぐらいで世界は揺らがないと思いますが……知りたいなら方法を教えますけど？」

「あなたは冒険者時代なんだったのだ？　私の剣を止めた手腕から、てっきり、戦士系かと思っていたのだが」

「勇者です」

「は？」

「いえ、ですから、勇者です。剣も魔法も遠距離も罠《わな》も、全部に適性があるんです。伸びは遅かったですけど、死んで生き返って数をこなせば、まったく気にならないっていうか」

「なんだそれは……勇者？　勇者というのは、この世が乱れる時に異世界より現れる伝説の人物のことであって、職業ではないぞ？」

「職業的には冒険者だったんですかね？　万能冒険者」

「……ああ、わかったぞ」

「わかっていただけましたか」

「あなたの発言は、適度に理解しないよう努力することが大事だ。すべてをきちんと理解しようとすると、私の中の常識が揺らぐ」

「勇者ってそんなおかしいかなあ……電源入れてスタートボタン押して、名前入力したら誰でも勇者だと思うんだけど……」

「理解しない。理解しないぞ」

「……まあとにかく、石壁を五つ作って、箱を作ります。そこに水を注いで、火の魔法でお湯を沸《わ》かします。そのあいだ、石壁と温度はずっと維持します。それで風呂の完成です」

「最大で六つの魔法を同時に発動しているように聞こえるし、魔法をずっと維持するとかいう難行《なんぎょう》をさらりと行っているあたりもとても色々言いたいのだけれど、私はあなたの話を理解しないことにしたから、わかったとだけ言おう」

「まあ風呂の時間は食堂の方も忙しいので、魔法で風呂を維持しながら料理もしてますけど」

「食堂から裏庭は見えるのか？」

「見えませんけど？　おいそれとのぞけないようには、なってますよ」

「見ずに魔法を維持しているのか？」

「そうですけど？」

「……わかった。なるほどな。うむ。風呂は嬉しいな」

ロレッタは考えることをやめた。

アレクはうなずいた。

「風呂を作ってすぐは女性の時間ですから、よろしければどうぞ」

「ああ、ありがたい。修行でくたくただ。久々の湯船に心が躍るよ」

「あ、そうだ。大変申し訳ないのですが、時間によっては、従業員もご一緒させていただくことがあるかもしれません……もちろん女性ですが」

「それはかまわない。女性同士ならば、問題はない」

「ご協力ありがとうございます」

「ちなみに、残りの従業員は今、どこに？」

「俺以外に三人いるんですが、今日はたまたま、他のお客さんのクエストに同行してて」

「そういうこともやっているのか」

「はい。奴隷が二人に、妻が一人、みんな、それなりの実力者ですよ」

「……うん？」

「はい？」

「どうにもこの宿屋に来てから、耳が働くことを拒みがちだな……大変申し訳ないのだが今、あなたが妻帯者《さいたいしゃ》であるかのような話が聞こえた気がする。おそらくは空耳だと思うのだけれど、できればもう一度、はっきり言ってくれるか?」

「妻はいますけど」

「あなたの人格でか!?」

「今まで修行の時でさえ声を荒らげなかったお客さんが、ついに声を荒らげるほどのことですか、それ。いますよ。妻。冒険者やって長いですし。相性のいい相手もいたっていうか……」

「……ああ、なるほど。相性がいい相手なのだな。安心した。あなたの人格でまともな人が妻になれるのかと、ついおどろいてしまったのだ。申し訳ない」

「いえ、申し訳ないポイントは別なところにあると思いますが」

「それで、あなたの細君《さいくん》はどのような常識欠落者……んん、失礼。どのような性格なのだ?」

「妻は常識人ですよ」

「細君は誘拐《ゆうかい》して知り合ったのか? それとも、あなたの目からは常識人に見えるとかいう、そういう話か?」

「……あの、お客さんは、みなさん、そんなに俺にまともな妻がいるの意外なんですか? このやりとり、いつもやってるんですけど」

「そうだな……意外というか、憲兵《けんぺい》に連絡するべきかどうかを判断するためにも興味はある」

「なぜ憲兵に」

「犯罪の気配を感じるからだが」

「それよりも妻の気配の方が近いですよ」

ロレッタは言われて、感覚を研ぎ澄ます。

……だが、わからない。気配感知は苦手ではないはずだが。

そうこうしていると――

階下で、ドアが開く音。

そして「ただいま」という、複数の、女性の声。

「妻が帰ってきたみたいですね」

アレクはそう言って、きびすを返す。

ロレッタは腰の剣の鞘を握り、慎重にアレクのあとを追う。

完全な臨戦態勢。泊まることになった宿屋の主人の妻に会いに行く態度ではないが――

なにせ、この主人の妻なのだ。

警戒しない方が、ロレッタ的にはどうかしていた。

○

一階の食堂スペースには、この宿屋で過ごす者全員がそろっているようだった。

もともと広くない食堂の多くない座席は、半分以上埋まってしまっている。

アレクの妻だという女性は、食堂のカウンター内にいた。

小さくてかわいらしい獣人だ。

とがった三角の耳が、頭部にある。

ふさふさした、長く太い尻尾も見えた。

毛並みは黄金で、ランプの光を反射してうっすら輝いている。

『銀の狐亭』というのは、この奥さんからとった名前なのだろう。

……しかし毛並みは金色であって銀色ではない。

また他にも店名の由来《ゆらい》があるのかもしれなかった。

ロレッタは、カウンター席に座って、奥さんをまじまじと見る。

……そもそもアレクの年齢が不詳なところではあるのだが、年の差があるように見えた。

ロレッタはアレクにたずねる。

「失礼ながら、奥様はずいぶんとお若く見えるが……」

「ああ、それは……」

アレクが口ごもる。

珍しい対応に見えた。

代わって口を開いたのは、カウンター内で料理をしていた、奥さんの方だった。

「新しいお客さんだよね？　お名前は？」

「わ、私はロレッタという。しばらくこちらで世話になろうと思っている。よろしく頼む」

「そう？　ぼくはね、ヨミだよ。獣人のヨミ。よろしくね」

「こちらこそよろしく」

ものすごく普通の自己紹介だった。

ひょっとしたら、ヨミは常識人なのかもしれないとロレッタは思い始める。

「……申し訳ないが、どうにも、アレクさんとあなたの年齢差が気になってしまって。あなたはまだまだ若いだろう？　というか、幼くすら見える。お二人が結婚なさっているということに違和感を覚えてしまってな」

「ああ、それはね、ぼくが押し切ったんだよ」

「はい？」

「昔、まだ子供だったころに、アレクに拾われてね。ずっと一緒に冒険者やってたんだ。アレクはぼくを妹として育ててたみたいなんだけど、押し切って、嫁入りしたんだよ」

「気は確かか？」

「お、おお……今度のお客さんはけっこう言う人だね……」

ヨミが苦笑する。

ロレッタは咳払いした。

「失礼。だが、どうにも……修行を受けてな。会話の端々《はしばし》で、彼は、少し、なんというか、うむ、えー……柔らかく言うと、頭がイカれているように思えてしまって」

「がんばって控えめな表現を探した努力は、認めるよ……」

「あなたも彼の思考方式に呪術的ななにかを感じているのか？　であれば、なぜ、結婚などという荒行《あらぎょう》をしてしまったのだ？　あなたならば、もっと明るい未来もあったのではないか？」

「お客さん、よく失礼だって言われない？」

「私の家は昔から礼儀作法にうるさくてな。失礼だと言われたことは、今までにない」

「そ、そっかあ……ずいぶん、おおらかな、おうちだったんだね」

「礼儀作法にうるさいと、たった今言ったばかりなのだが……」

「うん。そっちはそれでいいよ。話を戻すと、ほら、うちの旦那はこんな人だから、放っておけないっていうか。ぼくが支えてあげないと孤立しそうだったし」

「ああ、なるほどな……たしかに、そういう見方もあるかもしれない」

「ぼくがついてなきゃね」

嬉しそうに笑う。

彼女は確かに、脅《おど》されても、洗脳されてもおらず、幸福なのかもしれないと、ロレッタには思えた。

同時に、アレクを散々に言ってしまったなと反省する。

多少自殺を強要されたり、豆の食べ過ぎによる窒息死《ちっそくし》を強要されたりもしたが、それだけで人格を判断するのは、早まったかもしれない。

そもそも、それらはすべて修行なのだ。

思考方式が特殊なところはあるが、すべてこちらを鍛えるためにやってくれたことである。

ロレッタは先ほどまでの言動を恥じた。

そして謝ろうとしたのだが……ちょうどいいタイミングで、ヨミがたずねてきた。

「ところでロレッタさん、お食事は？」

「ん？　……そういえば空腹を感じてはいるな。精神的にはお腹《なか》いっぱいだが……」

「じゃあなにか食べる？　苦手なものとかは？」

「好き嫌いはない——ああいや、なかったが、つい先ほど、炒った豆だけは嫌いになった」

「ちょっとアレク！　またあの修行やったの!?」

ヨミがおどろく。

アレクは首をかしげた。

「そりゃあ、やるよ。だってアレが、一番効率よくHP伸びるし……」

「もー、あれはひどい拷問《ごうもん》だからやめた方がいいって言ったじゃん」

「いや、豆はな、タンパク質豊富で、カロリーが低くて、イソフラボンだって入ってるし、安いし水をよく吸うから簡単に腹いっぱいになるし、呼吸器もすぐふさがるし……」

「食材を選ぶ基準がおかしいんだってばあ。普通は『呼吸器がすぐふさがる』なんて理由でご飯を選ばないんだからね？」

「でもな、植物性タンパク質のお陰か、HPの伸びが……」

「その修行に耐えられたお客さん、十人に一人ぐらいの割合じゃない……やめた方がいいよ、絶対……女王陛下の警護役にその修行つけてあげたら豆を見るたび泣きながら『殺してくれ』って言うようになったし、危ないってば」

「でも修行を引き受けた以上は、こっちもプロだし、なるべく効率よくステータスを伸ばして差し上げたいじゃないか」

「プロなんだから心に傷を残さない修行にしようよ」

「うーん……そんなに駄目かなあ、あの修行」

「アレクは人の心がわからないからねえ」

和《なご》やかで楽しげな会話だった。

内容が物騒このうえなかったが、この夫妻にとってはいつものやりとりなのだろう。

話の中に精神を破壊された登場人物がいたことを、ロレッタは気にしないようにした。

夫妻の話から意識を逸《そ》らせば——

ロレッタは周囲から温かい視線が注がれていることに気付く。

見れば、他に四人いるお客さんたちが、全員、同情するような視線を向けてくれていた。

きっと彼女たちもあの豆修行をくぐり抜けたのだろうと考えると、初対面の彼女たちが、まったく初対面には思えなかった。言うなれば戦友だ。

ふと、周囲を見ていて、ロレッタは疑問を覚えた。

その疑問を、話が通じそうなヨミへとぶつけることにする。

「ヨミさん、この宿屋には女性しか泊まっていないのか？」

「うん、そうだね。男は、アレクだけだよ」

「なぜだ？」

「あー……うーんと」

口ごもる。

言いにくいことなのだろうか。

ヨミが黙っていると、アレクが、答えを引き継いだ。

「そこの、エルフのお客さんがいるでしょう？」

「……うむ」

ロレッタは視線を向ける。

耳の長い、金髪の、気弱そうな女性だ。

彼女は目が合うとペコリと頭を下げて、うつむいてしまった。

ロレッタは視線をアレクに戻す。

「それで、彼女がどうかしたか？」

「とても美人ですよね。それで、彼女のあとに来た男のお客さんが、ちょっと、風呂をのぞこうとしたもので……」

「ああ、なるほど。それ以来、客を女性だけにしているのか？」

「いいえ、そんなことはないんですが。ちょっと、そののぞきをしたお客を軽く叩きのめしたら、それから男性客がぱったり来なくなってしまいましてね……」

「……あなたの『軽く』は、きっと、軽くない」

「セーブはさせたから死んでないし、結果的にケガもなかったんだけどなあ」

アレクが頭を掻く。

ヨミが苦笑して、言った。

「こらこら。食事時に凄惨《せいさん》な話をしないの」

凄惨な話だったのか。

危うく聞きかけたロレッタは身震いした。豆修行を凄惨だと思っていない夫妻の『凄惨な話』とか、聞きたくもない。

ヨミが言葉を続ける。

「アレク、お風呂よろしく。ぼくはお食事作っちゃうからね」

「わかった。がんばれよ」

「アレクもね」

夫妻はアイコンタクトをして、それぞれの作業に向かう。

その後。

出てきた食事に、豆類は一切使われていなかった。

○

食事。

そして――風呂。

他の宿泊客に誘われたが、ロレッタは一人で入ることを選んだ。

大人数で風呂というのはかまわないし、自分の入浴中に誰かが入ってきても別によかった。

しかし、久々の『体を沈められる湯船』を、最初は一人きりで楽しみたかったのだ。

他のところの『風呂』は、『湯桶にためたお湯で体を流す作業』を指すものだったし。

中庭。

先ほどアレクと戦った時には、広い空き地と、端に家庭菜園のようなものが見えただけだ。

しかし今は、石壁でできた、十人はゆうに入れそうな湯船が設置されていた。

「……ありえん技術力だ」

体を拭《ふ》く布のみを身につけた状態で、ロレッタはつぶやく。

念願の風呂だというのに、つい、足が止まってしまった。

近付いて腕を入れ、湯加減をみる。

……ちょうどいい温度だ。

他の宿泊客が入浴してからそれなりに経《た》つのに、温度は維持されているということだろう。

……彼は本当に、まったく見ずにこの風呂の石壁やら温度やらを維持しているのだろうか？

魔法というものは、案外不便だ。

一度に発動できるのは一つだし、見ていないとコントロールはほぼ不可能と言われている。

それを六つ同時発動のうえ、見もせずに維持し続けているとは、話で聞いただけでは信じがたいものがあった。

ロレッタは周囲をうかがう。

例の『凄惨な話』を思うに、あの店主がのぞきをしているとは思えない。けれど、魔法維持のために風呂を見ることのできる場所は、あった方が不自然ではない。

しかし、周りは建物に囲まれ、裏庭を見ることのできる場所はなさそうだ。

建物の屋根までのぼれば、その限りではないかもしれないが、こちらからも簡単に見える。

風呂にいる者に見つからずにのぞきをできる場所は、なさそうに思えた。

ロレッタはのぞかれる心配はないと判断し、身につけた布を取り去る。

手で湯をすくい、体に軽くなじませてから湯船につかる。

「おおお……」

思わず妙な声が漏《も》れる。

少なからず感動を覚えた。

久しぶりの、湯船だ。

まさかこんな、うらぶれた宿屋で、これほどの贅沢が味わえるとは。

「環境が先進的すぎる……まるで未来に来たかのようだ」

風呂とか。食事とか。あとは、トイレとか。

ちょっとありえないぐらいの好環境だと、ロレッタには感じられた。

もちろん、家屋は狭いし、そこまでしっかりした造りではない。

でも、細かいところで軽く数百年先の技術を体感しているような気分になることがあった。

「……案外、アレクさんが異世界から来たというのは本当かもしれんな」

修行とか、修行とか、豆とか、辛《つら》いことは今日だけでもたくさんあったが――

この風呂に入れるだけで、もうすべてどうでもいい気分だ。明日からもがんばれそう。

そんなことを思っていると。

コンコン、と風呂場の——宿から裏庭に通じるドアが、ノックされた。

「もしもしー？　どなたか入ってらっしゃいますかー？」

アレクの声だ。

ロレッタは返事をする。

「ロレッタだ！　入っているが、どうした？」

「そろそろ女性の時間が終わるもので、一声おかけしました」

「む、そうだったのか……」

一人で湯船を楽しみたかったので他の宿泊客と時間をずらして入ったのだが、それがあだになったらしい。

ロレッタは言う。

「すまない、すぐに出る」

「いいえ、男性は俺一人なので、入ったばかりでしたら、まだ結構ですよ」

「そ、そうか？　……であれば申し訳ないのだが、今しばらく楽しませていただきたい。久しぶりの湯船でな」

「はい、結構ですよ。出たら教えてくださいね。温度なども、ご不満がありましたら、言っていただいたら調整しますよ」

「そうか……至れり尽くせりとはこのことだな。私が経験してきた中でも、最上に分類されるサービスだ。私が家を取り戻したら、専門の風呂係として雇いたいほどだ」

「ありがとうございます」

「それで温度だが、もう少しだけ熱いとありがたい」

「わかりました。ではまたなにかございましたら、お呼びくださいね」

アレクの気配が離れていく。

すると、風呂が少し熱くなった。

……本当に見ないでやっているのだろうかと、不安になる。

それは見ていても簡単にはできないような、微細な魔法操作だった。

「……まともで、気の利《き》く主人ではあるのだがなあ」

どうして修行になるとおかしな人になるのだろう。

そのことが、どうしてもロレッタには不思議だった。

○

その宿屋で過ごす夜は、おどろきの連続だった。

まず、ベッドがおかしい。

寝転がったベッドは藁《わら》の感触とも、重ねた布の感触とも違った。

しっかりとした弾力があるのに、固いというわけではない。

まるで、寝た者の体に合わせ、ベッドがベッド自身の意思で形状を変化させているような。

とにかく寝心地がいい、ロレッタにとって未知の経験だった。

次に、毛布がおかしい。

このあたりの夜はとても冷える。

今の時期は特に、冷たい風が吹きすさぶので、寒いのだ。

宿屋自体は安普請《やすぶしん》なので、すきま風を覚悟していたのだが……。

クッションを大きくしたような物があって、それをかけて寝ろと言われた。

そのようにしたら、まったく寒くなかった。

普通は毛布にくるまりながらそれでも寒さで震えるのが、一般的な宿屋の寝床だ。

いったいこのクッションのようなものはなんなのだと、ロレッタは戦慄《せんりつ》した。

あとは、化粧台の鏡が地味におかしい。

近寄っても体の半分が映るほど大きなものなのに、曇りもゆがみもまったくない。

こんな鏡を普通に購入すれば、それだけで家一軒買える代物《しろもの》だ。

そこまで金がありあまっているにしては、建物自体は隙間《すきま》が多いし、どういうことだろう。

そんなこんなで、朝は非常に快適な目覚めだった。

この宿に泊まったら、もう、他の宿に泊まるのは無理だろう。

朝。

食堂に降りたロレッタは、様々な疑問をアレクにぶつけることにする。

彼はカウンター内部で、大きなフライパンを使い、なにかおぞましい、小さな球状の、二度と口にしたくはない物体を炒《い》りながら、答える。

「ベッドはスプリングベッドですね。コイルの形状とか設置数は俺が考えて、魔法で金属を曲げながら一個一個ハンドメイドしました。毛布は、あれ、毛布っていうか、羽毛布団です。この世界にはあんまり掛け布団っていう概念がなかったみたいなんで、自作しました。化粧台の鏡も自分で造りました。この世界の鏡はどれも小さくて、なんか化粧台って感じじゃなかったんで」

「……言っていることが半分以上よくわからんが、あなたはなんでもできるのだな」

「魔法がありますからね。たぶん元いた世界で同じことしようとしたら、俺にも無理です」

……魔法はそこまで万能なものではないはずなのだが。

剣が得意な者は剣でやった方がいいことを、魔法が得意な者は魔法でやる、程度の存在だ。

それとも、魔法を六つも同時発動できるほどの魔術師にかかれば、また違うのだろうか。

まだまだアレクのことを理解はできなさそうだとロレッタはうなずく。

アレクが問いかけてきた。

「ところでロレッタさん、朝食はどうします？」

「あなたがフライパンで炒っているそれ以外ならなんでも大丈夫だ」

「これは次のお客さんの修行用なんで、朝ご飯には出しません」

「……細君に、あの修行はやめるよう言われていなかったか？」

「でもアレが一番、HPの伸び率がいいんですよ」

「効率を優先するより、心に傷を残さない方法にするべきだとは思うが……まあ、あなたの店で、あなたの経営方針だ。過度な口出しはすまい」

「あ、ロレッタさん、今日はついに攻撃力を伸ばしますよ。体力勝負なんで、朝ご飯はしっかり食べておいた方がいいと思います」

「『ついに』と言われても、まだ二日目なのだが……昨日の修行の成果も、まだ実感はできていないぐらいだ」

「昨日上げた丈夫さとHPは、今日、ちゃんと効果を実感できますよ」

「そうなのか？　……まあ、食事も修行のうちとは言うし、朝食は今日の修行プランに合わせたものをお願いしようか」

「食事も修行ですよね、やっぱり。よかった。豆を食べる修行は間違ってなかったんだ」

「いや、豆を食べて窒息死する修行を正当化する言葉ではないとは思うが」

「では妻に伝えて、料理をしてもらってきますね。今、妻は奥にいますんで」

「あなたはなんでもできるようだが、料理はできないのか？」

「俺の料理より、妻の料理の方が美味《おい》しいので」

嬉しそうに言って、きびすを返す。

そして奥へ引っ込む――その、去り際《ぎわ》に、アレクはくるりと振り返って。

「あ、今日の修行はちょっと辛《つら》いかもしれないので、がんばってくださいね」

柔らかい笑顔で、そんなことを言って。

質問する暇《ひま》も与えず、奥へ引っ込んでいった。

ロレッタはしばらく黙ったあと――

周囲にいる、他の宿泊客を見た。

彼女たちは、一様に目を逸らした。

「私はなにをやらされるのだ！　誰か！　誰か教えてくれ！」

叫ぶが、答えはない。

ただ、葬式のような暗い雰囲気だけが、ロレッタの不安を募《つの》らせていった。

○

ロレッタがアレクを問い詰めたところ、返ってきたのは、拍子抜《ひようしぬ》けするような答えだった。

「え？　なにを怖がってるんですか？　ダンジョンに挑むだけですが……」

ダンジョンに挑む。

なるほど冒険者であれば日常的とさえ言える行いだった。

たいていの冒険者は、ダンジョン探索によって生計を立てている。

ダンジョン攻略は『調査』『探索』『制覇』という段階がある。

このうち『調査』では、マッピングや、そこにいるモンスターの強さを測り、ダンジョンレベルを決めるということが行われるのだが、この作業は、安全最優先で行われる。

もちろん、未知のダンジョンに入るわけだから、危険がないわけはない。

だが、モンスターの強さがわかった段階で、あとは戦うことがない。

マッピングも、見てわかる程度しかしない。

『調査』段階でわかるのは、ダンジョンのおおまかな部分だけなのだ。

冒険者の主な収入源となるダンジョンの『探索』は、『調査』の補強や穴埋めだ。

調査段階で見つからなかった部屋などを発見することもある。

運が悪いと、そのダンジョンに一匹だけしかいないような、異常に強いモンスターに襲われるなんていう事故もありうる。

もっとも危険だからこそ、冒険者に任せられることが多い。

その代わり宝を持ち帰ることも、倒したモンスターの落とし物を拾うことも許される。

ひょっとしたら、一攫千金《いっかくせんきん》もありうるかもしれない、肉体労働。

それが『探索』という、冒険者の主な仕事だった。


というわけで、アレクとロレッタは、街の東側にあるダンジョンに来た。

徒歩三十分圏内の場所にある、比較的近場のダンジョンだ。

だだっぴろい砂地の上に、ぽっかりと洞窟《どうくつ》が口を開けている。

ここは『入門者の洞窟』と呼ばれる、駆け出し冒険者が最初に入るため、あえて『制覇』を禁止されている冒険者の登竜門だった。

今は昼なので、周囲は様々な人でにぎわっている。

誰も彼もだいたいガラが悪そうなのは、冒険者ならではというところだ。

アレクとロレッタは、賑わう『入門者の洞窟』入り口からやや離れた場所に立っていた。

様子を見ているが――ダンジョン前だというのに、あたりには牧歌的な雰囲気さえあった。

なにせ、このダンジョンは簡単なのだ。ロレッタだって、何度か入ったことがある。

正直に言えば手応《てごた》えのない、モンスターも弱いし迷うような道もない場所だった。

ロレッタは問いかける。

「アレクさん、まさかここに挑めと言うのか？」

「はい。そうですよ」

「うむ……申し訳ないのだが、ここはすでに踏破《とうは》している。ダンジョンマスターと戦うのは禁じられているし、この程度のレベルのダンジョンであれば修行にはなりようがないと思うのだが」

「そうですか？」

「うむ。私はこれでも、昔から剣術をやっていたものでな。冒険者になるにあたり、どれほどの化け物と戦わされるのかと怖くもあったが、このダンジョンに挑んで、やっていけそうだという自信を得たぐらいだ」

「ああ、そうなんですね。ならよかった。案外早く修行は終わりそうだ」

「いやいや、だからな、このダンジョンでは修行にならないと申し上げているのだが」

「そうですかねえ？」

「……私はあなたより強いとは言わないが、このダンジョンのモンスターよりは、強いぞ」

「じゃあ、安心ですね。脱いでください」

「んん？　なんだ？　今、なにかおかしなことを言ったか？」

「おかしなことは言っていませんが……鎧《よろい》を、脱いでください。剣も、おあずかりします」

「なんだ、そういうことか……てっきり服を脱げと言われたかと――いやいや。それもおかしいだろう？　私はこれから、このダンジョンに挑まされるものと、そう思っていたのだが」

「そうですよ」

「ダンジョンに挑むのに、装備を外せと、そうおっしゃるのか？」

「そうですよ」

にこにこ。

だんだんアレク時空に取り込まれそうになっている気がしてロレッタは精神を引き締めた。

「……まあ、装備を外したところで、ここのダンジョンのモンスターであれば、倒せないとまではいかないだろう……あなたの修行はいつも突飛《とっぴ》だものな。わかった。装備をあずけよう。それで私は、剣も鎧もなしで、あのダンジョンでなにをすればいい？」

「モンスターを全滅させてきてください」

「……ダンジョンマスターに挑めということか？」

「いえ、それは禁止されてます。あのダンジョンは初心者たちがモンスターという存在に触れるのに重要な場所ですからね。ご存じの通り、ダンジョンマスターを倒されると、モンスターが生まれなくなってしまいます。初心者育成の場をつぶすのは、俺の主義に反しますから、そんなことは言いませんよ」

「どういうことだ？　私はだんだん意味がわからなくなってきたぞ。モンスターを全滅させるにはダンジョンマスターを倒し、モンスターの生成を止めないといけないはずだと、私は記憶しているのだが」

「そうですね」

「しかしダンジョンマスターを倒さずモンスターを全滅させろと言う」

「そうですね」

「つまり、どういうことだ？」

「秒間五匹です」

「は？」

「このダンジョンでモンスターが生成されるのは、秒間五匹。五百匹が最大数で、それ以上は増えませんが、減れば補充されます」

「うむ……そのようだな。さすが初心者入門用ダンジョンだ。綿密な調査がなされていると感心するがどこもおかしくはない」

「つまり、秒間六匹以上倒せば、ダンジョンマスターが存在していても、モンスターを全滅させることは可能ですよね？」

「……理論的にはそうだな」

「そういうことですよ」

「意味はわかるが意味がわからん」

「素手で、一秒につき六匹以上のペースで、モンスターを五百匹、倒してきてください」

わかるってば。

ロレッタはこめかみに指を添えた。

通常、戦いというのはそう簡単に決着しない。

いくら格下が相手とはいえ、モンスターの耐久力は人を超えている。

前にこのダンジョンで戦った時の記憶によれば、一匹の相手は一秒で済んでも、一秒で六匹まとめては、難しいというか、不可能だったように思えた。

しかも、当時は剣を使っていた。

当たり前だ。拳闘士《けんとうし》でもあるまいし、素手でダンジョンに入ったりはしない。

その拳闘士だって、籠手《こて》などの装備は身につける。

「アレクさん、私はだんだん、頭が痛くなってきたぞ」

「そうですか。死んでおきます?」

「『ちょっと休みます?』みたいな感じで言わないでくれないか。そうではなく……その、不可能だと思う。それとも魔法を使えと暗に言われているのか? それならばわかるが」

「ロレッタさんは魔法使えないでしょ? 簡単な回復と攻撃補助、それに魔力を用いての攻撃ならいいですが。魔法を使えるなら『沈黙《サイレンス》』かけときますけど……」

「つまり、飾り気なく、シンプルに、己《おのれ》の拳のみで、モンスターを一秒につき六匹以上、五百匹すべてがいなくなるまで倒し続けろと、そうおっしゃるのか？」

「先ほどからずっとそう言っているんですが」

「無理ではないか？」

「あ、できるまでダンジョンから出ないでくださいね」

「……話を聞いてくれ。無理ではないかと、私は言っているのだが」

「話は聞いていますよ。わかってます。ですから、できるように鍛えるんです。ロレッタさんが、俺の言った目的を達成するまで、ダンジョンでずっと戦い続けてください。今までの感じだと、平均三日は、飲まず食わず眠らずで潜《もぐ》り続けることになるかと。いわゆる雑魚《ざこ》狩りによるレベル上げですね」

「モンスターに倒されることはなくとも、疲労で死ぬと思う」

「あ、セーブポイント出しますね」

アレクが片手をかざす。

すると、光を放つ球体が現れた。

その瞬間、周囲が、ざわめく。

人の視線がこちらに向くのが、ロレッタにはわかった。

ざわめきが広がっていくのを感じた。

耳をすませる。

どうやら周囲の人々は、こんなことをささやきあっているようだった。

「……また『狐亭の魔王』が修行やるみたいだぞ……」

「危ねえ危ねえ、今日はダンジョンもぐりやめとこうぜ……」

「今度の犠牲者はあの赤毛の子か……かわいそうに。まだ若いっていうのに」

「おい！　視線合わせるな！　目ぇつけられたらどうする!?」

「クソッ、なんであいつ捕まらねえんだ！　それとも、国はあいつの拷問を認めてるっていうのかよ!?」

その声はきっと、アレクにも聞こえているだろう。

でも彼は、にこにこと、柔らかく笑ったままで。

「けっこうやってるから、この修行もすっかり有名になっちゃたみたいですね」

「……なぜあなたは逮捕されていないのだ？」

「えっ？　なんで俺が逮捕されるんですか？」

「……絶対にあなたは逮捕されるべきだと思う。色々な人の心に傷を残してるではないか」

「やだなあ、ロレッタさん。おかしなことを」

「おかしいか?」

「心の傷は、立証できないでしょ?」

「…………」

「体に傷は残してませんよ。セーブしてますからね」

「…………そうか」

ロレッタは笑い返した。

もう笑うしかなかった。

アレクが、微笑みを浮かべて、言う。

「じゃあ、行きましょうか。セーブをお忘れなく。弱いモンスター相手でも、装備がないと死ぬこともありえますから。俺はここで、あなたの帰りをお待ちしていますよ」

「…………はい、がんばります」

ロレッタは死んだ目で応じる。

アレクは笑っていた。

あくまで柔らかく。

あくまでも、穏やかに。

「――見るべきは敵ではなく全体の流れだ。戦いとは敵と向かい合う以前から始まっている。互いの立ち位置、相まみえるタイミング、敵の並び、地形、そして対峙《たいじ》した瞬間にわかる互いの気迫の差。重要なのは確実性だったのだ。速くなくとも、強くなくとも、勝負を一瞬で決めることはできるしその逆もまたありうる。敵の体のみならず、環境全体をもぼんやりと見通す目こそが、戦いにおいて最も重要であると、私はまた一つの気付きを得た」

○

三日後。

ロレッタはダンジョンのモンスターを全滅させた。

彼女は途中から自分がなにをしているか、もう意識さえしていなかった。

世界の意思みたいなものと話をしながら、ひどく客観的に自分の動きを見ていた気がする。

操り人形を動かしている感覚に近い。

極限の疲労、極限の眠気、極限の空腹から、彼女は自分の魂《たましい》が体を抜けてどこか高いところにのぼっていく感覚さえ覚えていた。

だから、修行の終わりは、アレクが告げてくれたのだ。

ダンジョン内部にある、土と鍾乳石《しょうにゅうせき》でできた広間。

そこで、ロレッタはアレクの腕に抱かれ、目を覚ました。

「お疲れ様でした。あなたは目標を達成しましたよ」

彼がどのような方法で、その事実を知ったのかは、わからない。

気配をつぶさに観察していたのかもしれない。

あるいは、なにかまた未知の魔法でこちらを監視していたのかもしれない。

でも。お疲れ様でした——そう言われた時、ロレッタは、ひどく安堵《あんど》したのを覚えている。

思わずアレクに抱きついて、ボロボロと涙をこぼす。

「私はやった……やったんだ……長い、長い戦いだった……永遠とも思える時間を、たった一人で、モンスターと戦い……空腹も、眠気も、とっくに峠を越して、もう、なにも、なにも感じなくなって……っ！」

「がんばりましたね。みなさん、この修行のあとは、たいていそんな感じですよ。宿屋までは俺が背負って連れて帰りますから、寝ていていてください。帰ったらお風呂を沸かしますからね」

「ああ……帰れるんだな。ようやく、モンスターもいない、薄暗い洞窟でもない、温かいお風呂とベッドのある宿に、帰れるんだ……」

ほとんど父にすがる子供の心境だった。

体は芯から疲れ果てていて、もう指先さえ動かないのに、意識は落ちるのを拒んでいた。

アレクの背におぶわれる。

なにか巨大で優しい生き物の背に乗るような、安心感があった。

きっとアレクの妻であるヨミもこうして背負われて落ちたのだろうとロレッタには思えた。

ずんずん進んでいく。

まだ少女と呼べる年齢とはいえ、人一人の重量を背負っているにしては、軽い足取りだ。

ロレッタは見えてきた外の光に目を細める。


切望した景色があった。

だだっ広い砂地。

冒険者たちがこちらを見ている。

彼らは一様に涙を流し、拍手をしていた。


温かい光景。

それは同情や憐憫《れんびん》かもしれなかったが、拍手をする人々の中に、ロレッタは確かに優しい光を見た。

なんてまばゆい景色だろう。

ロレッタは、うつろな頭で、思い出す。

「……貴族の家に生まれてから、このような温かい人に囲まれたことはなかったな」

「やっぱり貴族だったんですね」

「…………貴族、だった。ほとんど叔父《おじ》夫婦に家督《かとく》を奪われている状態だがな」

「……」

「私は――そうだ、私は指輪を取り戻さなければならない。『花園』調査中に叔父が落とした家督を継ぐ者のための、指輪…………」

「ああ、『調査』は貴族の方がマッピング担当で行くこともあるみたいですね。……では、おじさんに頼まれたので？」

「違う……母の遺品で……冒険者の父が……私は、父の無念を……」

「……お疲れですね。お眠りください」

優しい声音。

全身に染《し》み渡り――不意に、強烈な眠気に襲われる。

魔法だろうか。まあ――どうでもいい。

ロレッタは優しい眠りに落ちていく。

辛い戦いは終わった。これでまた一つ強くなれただろうか。

また一つ、目的に近づけただろうか？

彼女はふと、そんなことを考えた。

○

ロレッタは目を覚ます。

気付けば、『銀の狐亭』にある、自分の部屋だった。

あたりは暗い。

小窓から光が差しこんだりは、していないようだ。

たぶん夜なのだろう。

ここに至るまでのことは、なんとなくでしか覚えていない。

モンスターを、殴って、殴って、殴りまくって……アレクに背負われたことは、わかっている。だが、それだけだ。

詳細な記憶は頭から抜け落ちていた。

たしか風呂に入れと言われた気がするのだが、そこから記憶がない。

「……風呂には」

起きたばかりの自分の体を見下ろす。

鎧も剣もない、軽装。ダンジョンに挑んだ時に着ていた服はぼろぼろになっていたはずだが、今身につけているのは綺麗な白いシャツと、スカートだった。

着替えはしたらしい。体も——臭《くさ》くはない。

「……入ったようだな」

入浴時の記憶がないのが、少し怖い。

しかし、悪いようにはされていないだろうという信頼があった。

なぜだろう、モンスター五百匹組み手を終えてからというもの、アレクに対して揺るぎない信頼が自分の中に芽生えていた。

ボロボロなところに来てもらったことで、よほど心を打たれたのかもしれない。

……そもそもの原因が彼なのだから、冷静になってしまえば、心を打たれることはないはずなのだけれど。

……なぜだろう、妙に、彼の顔を見るのが、照れくさいように思えた。

などと考え、なんとなく髪をなでつけていると——

コンコン、と控えめに部屋がノックされた。

ロレッタはビクリとして、応じる。

「は、入っているぞ！」

「知ってます。アレクです。少し入っても？」

ロレッタは自分の体を見下ろした。「待ってくれ」と言ってから、慌《あわ》てて起き上がる。

大きな鏡のついた化粧台で、身だしなみを整える。

そして、部屋の端にたてかけてあった、鎧と剣を身につけた。

「い、いいぞ」

咳払《せきばら》いをして声の調子を整える。

ドアは、ゆっくりと丁寧《ていねい》に開いた。

「おはようございますロレッタさん。お加減は――よさそうですね。すでにやる気にみちあふれていらっしゃる」

アレクは、ロレッタがもう武装しているのを見て、そうつぶやいた。

ロレッタがうなずく。

「も、もちろんだ。ところで、どんなご用かな?」

「はい。意識のない間に経過した時間などを、ご説明しておこうかと」

「そうか、手間をかけさせる」

「いえいえ。では……ロレッタさんは、三日三晩と半日の戦いの末、ダンジョンから出て、入浴して、それから一日と半分ほど眠っておられました」

「…………そんなにか」

「帰ってきたのが、昨日の昼です。そして、今は、翌日の夜ですね」

「……まさか自分がそこまで寝こむとは想定外だ。一週間と定めた、あなたが私に『花園』を制覇させるまでの期限に、支障が出るのではないか?」

「いえ。想定外という意味ではそうなのですが、どちらかと言うと歓迎すべき想定外ですね」

「つまり?」

「俺の計算だと、あなたはもう半日、目覚めないはずでした」

最初から二日寝こむ計算でスケジュールを立てていたらしい。

そこまで考えてるなんてすごい、と褒《ほ》めればいいのか。

それとも、そんなことを考えていたなんてひどい、と責めればいいのか。

ともあれ、ロレッタはうなずく。

「となると、実質五日で『花園』を制覇するまでに私を鍛える算段だったということか」

「左様《さよう》で。いくつかダンジョンを制覇していますので、感覚で、だいたい『どのぐらいのダンジョンにはどのぐらいのダンジョンマスターがいる』というのがわかってきます。その俺の感覚ですと『花園』のダンジョンマスターは、だいたいレベルに換算して百二十程度かと」

「……冒険者協会が定めたダンジョンのレベルより二十も高いようだが」

「二十程度なら誤差ですよ」

「その誤差を埋めるのに、普通の冒険者は数年を必要とするのだが」

「普通の方々は死ねませんからね。あなたは死ねるでしょう?」

「そうだな」

「ステータスで判断しますと、これまでの修行であなたの三十ほどだったレベルは八十ほどまで上がっています。まあ、冒険者協会の試験では、別な数値が出るかもしれませんが」

「自殺して、豆を嫌いになって、その翌日に三日三晩と半日戦い、帰って、一日半寝こんだということだから……経った日にちは六日ほどだが実質四日半で五十も上がるのか……しかし、あなたが定めた『一週間』という期日通りだとすれば、残りは一日しかないが」

「あとの時間で、残ったあと五十レベルを上げます」

「一日でか?」

「半日でです。その後は少し休憩しましょう。あなたのお目覚めが半日早かったですからね」

「……もはやあなたの手腕を疑うわけではない。たしかに、丈夫さや持久力が異様に伸びていることを、ダンジョン五百匹組手で実感できたし、殴っていくうちに、自身の腕力が着実についていることもわかってきた。しかし、さすがにあなたでさえ四日かけて上げたレベルをあとは半日で上げるというのは、無理なのではないか?」

「いえ、次の修行は今までで一番ハードなので、大丈夫です」

「助けて」

まったく意識しないまま、本心が口から飛び出した。

自分でも『これほど女の子らしい声を出せたのか』と思うほど、か細い声だった。

アレクは柔らかな笑みを浮かべている。

「大丈夫、死にませんよ」

「アレクさん、あなたは知らないだろうが、私は修行の中で何度も『いっそ殺せ』と思ったものだぞ。死ねないことが逆に辛いということもあるのだ」

「ははは。若い命を簡単に捨てるものではありませんよ？」

「あなたに言われると、極度に心に響かない言葉だな……」

「まあまあ。少し安心していただくために言葉を添えますと、きちんと食事はとれますし、きちんと睡眠をとっていただいてかまいません。無茶は、しなくて結構ですよ」

「あなたの基準で言われたところで、なにも安心はできないのだが……いっそ、早いところ修行内容を明かしてはもらえないだろうか。不安でたまらない」

「はい、では言いますね」

妙にもったいぶるな、とロレッタは感じた。

普段のアレクは、もっと、素っ気なく重大なことをポロッと言う人だ。

どんな修行が来るのか不安で仕方がない。

ロレッタは今度こそ聞き返さないように、耳に神経を集中する。

アレクは、言った。


「俺に一撃入れてください」

いつもと変わらぬ笑顔のままだ。

ロレッタは、『銀の狐亭』に来た日のことを思い出す。

渾身《こんしん》の初撃を、あっけなくつままれた。神速《しんそく》の奥の手を、簡単に受けられた。

傷一つすら、つけられなかった、その相手に――一撃を、入れる?

ロレッタは戸惑う。

アレクが、言葉を続けた。

「場所は、どこでもかまいません。試合みたいな形式もとりません。明日は一日宿屋にいますから、料理中、食事中、風呂のあいだ、睡眠中、いつでも、どこでも、どんな手段でも、俺に攻撃を一発当てて、ダメージを与えてください。それであなたの『花園』を目標とした修行は完了ということになります。……あ、反撃もしますので、ご注意を」

「……申し訳ないが、一撃を与えた程度で私は強くなれるのか?」

「そうですね。この世界もシステム的には、自分より強い相手に一回有効打を与える方が、自分より弱い相手を狩りまくるよりも強くなれるみたいなんですよ」

「……あなたの言っていることは、相変わらずわけがわからんな。……ちなみにだが、冒険者ギルドの規定により定められた、あなたのレベルなどを教えていただけないか?」

「それは言えません」

「秘密にしないと効果がないということか?」

「あー、いや、その、そうじゃなくって」

「答えにくいなら、無理に聞きだそうとは思わないが」

「いえ、その……これも、言ったところで信じてもらえないたぐいの話なんですけど」

「今さら、強さに関するあなたの自己申告を疑うことはしないさ。女王陛下と知り合いとか、そういうコネクションのこと以外は、だいたい信じる腹づもりでいる」

「でしたら……あのですね、俺、レベルがないんです」

「……どういう意味だ？」

「検定試験って、やらなくても強いダンジョンに挑めるじゃないですか」

「まあそうだが」

「だから最初の冒険者登録の際、まだ弱い時分に軽くやっただけで、それ以降はやってなくて」

「……ふむ？」

「だから、俺のレベルは、強《し》いて言うなら、一です」

「……」

「ステータスで、俺自身が自分にレベルをつけるなら、計測不能です」

「なぜだ？　あなたは私のレベルを簡単に判断してのけただろう？」

「いえ、全カンストなもので」

「は？」

「攻撃力も丈夫さも、人族が到達しうる限界値です。前例もないのでレベルには換算できません。つまり、なんと言いますか――」

アレクが頭を掻く。

そして、やや恥ずかしそうに。

「世界最強のレベル一、とでも言うんですかね、俺の強さは」

……きっと事実なのだろう、絶望的なことを、言った。

○

かくして、ロレッタ最後の修行が始まる。

「じゃあ、今から始めますので、ご自由にどうぞ」

軽い調子だった。

アレクはあくまでも次の修行内容を伝えに来ただけらしく、部屋を出ていこうとする。

ロレッタはきびすを返す彼の背中に、声をかけた。

「待ってくれ。今、試しに、一撃を入れてみたい」

アレクは振り返った。

「あの、奇襲でもかまわなかったんですけど」

「そうは言うが、武装もしていない相手の背中にいきなり斬りかかるなど、私にはできない」

「まあ、奇襲も正々堂々も結果はあんまり変わらないですし、やりやすい方でかまいません」

「必要なら奇襲も考えるが……まずは一撃だ。あなたの修行で私がどれほど強くなったのか、宿に来た日に試した技を、今一度、あなたに当ててみたい」

「なるほど。確かに、今のあなたのあの技でしたら、可能性はあるかもしれませんね。あれは俺も回避しようと思っていますし」

「……回避とかするのか」

「どうにも、わざと喰らってもレベルは上がらないみたいなので、それなりに本気で回避や防御もしますよ。それでもなるべく油断するように努めますが……」

ロレッタは『油断するように努める』という彼の表現に、おかしさを感じる。

わざとでもいけない。本気でもいけない。

普段は考えの読めない彼の葛藤《かっとう》が、その一言からは見えたような気がした。

ロレッタは深く息をつく。

そして、腰に佩《は》いた剣の柄《つか》に、手を添えた。

「では――」

「あ、待ってください。セーブをしていただかないと」

「……そういえば、反撃するのだったな」

「はい。一応、攻撃された瞬間にこちらも臨戦態勢に入りますので、そのつもりで」

「わかった。鎧は脱いでおこう。修行が終わるころには跡形もなくなっていそうだからな」

「死ぬことに抵抗がなくなっていますね。いい傾向です」

「あなたのお陰だ」

ロレッタは鎧を脱ぐ。

アレクは、右手をかざして、セーブポイントを出現させた。

暗い部屋の中。

ふよふよと漂う球体――セーブポイントの淡い光だけが、あたりを照らす。

「セーブします」

「セーブする」

儀式は終わり、死ねる状態になった。

ロレッタはあらためて、アレクを間合いに入れ、剣の柄に右手を添える。

彼は動こうともしない。

本当に、攻撃をされるまでは臨戦態勢に入らないつもりのようだ。

それを好機だとは、ロレッタにはもう思えなかった。

彼は油断していても充分に強い。

たった一撃当てるだけでレベルが五十も上がる修行を今日までしてこなかった理由も、わかろうというものだ。

当時の自分では、どうがんばっても、彼に有効打を与えられる可能性が皆無だったのだ。

そうロレッタは判断していた。

今、強くなった。頑丈になり、持久力もついた。

腕力も上がったし、ダンジョン内での戦いで、脚力もずいぶんついた気がする。

それに、戦いというものに対して、以前より深く理解をしている。

死ぬ気で――いや、死にながら努力した成果だ。

その努力に実を結ばせ、師匠であるアレクに報《むく》いるためにも――

「今度は軌道を明かさない。……今の私の本気、見てもらおうか」

剣を抜き放つ。

一撃は神速。

軌跡に残る光の筋だけが、その剣の軌道を視認させてくれる。

狙いは首。

容赦《ようしゃ》のない、殺すつもりの剣だ。

それはアレクという人物の強さに対する信頼の表れだった。

そして、瞬《まばた》きほどの時間もかからないその必殺の剣を――

アレクは、身を軽くかがめて、かわした。

瞬間、ロレッタはとてつもない怖気《おぞけ》を感じた。

反射的ですらない。

本能的に、部屋の端まで跳びじさる。

たったそれだけの動作で息があがり、ドッと汗が噴き出す。

……運動による発熱での汗ではない。

恐怖による、冷や汗だ。

ロレッタは視線をアレクへ向ける。

彼は、今までロレッタの顔があった位置へ、右拳を突き出していた。

……あのまま立っていれば、頭部が弾《はじ》けてロードだっただろう。

アレクはおどろいた顔をしていた。

「今の、よく避けましたね」

「アレクさん、女性の顔を殴るのに抵抗があるのではなかったのか？」

「臨戦態勢ですからね。相手の性別や種族なんか気にしてる余裕はありませんよ」

「なるほど。……改めて、本気というわけか」

「そうじゃないと訓練になりませんから。――さあ死ぬ気でどうぞ。俺も殺す気でいきます」

アレクの言葉を聞いて——ロレッタは、笑った。

高揚の笑みではない。もちろん、面白くて笑ったわけでもない。

笑うしかなかった。

改めて彼女は思う。——とんでもない宿屋に来てしまったな、と。

○

死亡回数、三十七回。

アレクが反撃をした回数、三十八回。

最初の一回を避けられたのは、どうやら奇跡だったらしい。

それ以降は『剣を振ればこちらが死ぬ』という状態が続き——

最終修行初夜は、更《ふ》けていった。

「俺は朝の仕込みがありますから。ロレッタさんも、朝食を食べに食堂までお越しください。

攻撃も歓迎しておりますので」

アレクはそう言って、部屋から出ていく。

ロレッタには、もう、彼を止める気力も、背中に斬りかかる気力もなかった。

肉体の疲労はないはずだけれど。

経験も記憶も残る『ロード』という方法での回復は、精神のダメージまで回復できない。

ロレッタは膝をついたまま、しばらく動けずに。

「……化け物め。どうしたら、あんなのに一撃を与えられるというのだ」

笑うしかなかった。

○

ロレッタは色々考えたが。

お腹が空《す》いたので、朝食をもらうことにした。


一階の食堂には、他の宿泊客がすでにそろっていた。

調理場と席のあいだを奴隷の少女たちがせわしそうに往復している。

獣人族の双子の少女で、宿屋夫妻からは実の娘のようにかわいがられていた。

奴隷は財産なので、大事にする人は珍しくないが……。

あそこまでかわいがるというのは、傍目《はため》に見ていても珍しいようにロレッタには思えた。

調理場には、アレクがいた。

今日も大きなフライパンで豆を炒っている。

ロレッタはカウンターに座り、水を運んできた奴隷の少女の片割れにお願いをする。

「もし、すまないが、アレクさんをこちらへ呼んでもらえないか？」

「わかったー」

素直にうなずいて、少女はアレクを呼んだ。

アレクはフライパンをかまどの上に置いてこちらへ来る。

「はい、なんでしょうかロレッタさん。朝食のご注文であれば――」

「スキありィ！」

ロレッタは剣を抜き放つ。

アレクは――

「隙はないです」

人差し指と中指のあいだに挟んだなにかで、剣を受けた。

ロレッタがどんなに力をこめても、びくともしない。

目をこらして、とんでもないもので剣を受けられていたことに気付く。


「馬鹿な……炒った豆で私の剣を受けただと!?」

普通、砕ける。

というか、豆を人差し指と中指でつまんで受けるよりも、アレクであれば、普通に剣の方をつまんで止めた方が早そうな気がするのだが……。

彼は、いつもの笑顔のまま、言った。

「豆に魔力をこめれば簡単ですよ。普通にあるでしょう？　体内に魔力を通して身体能力を上げる技が。ロレッタさんの奥の手だって、剣や腕に魔力をこめているじゃないですか。それのちょっとした応用ですよ」

「……丈夫な武器や自分の肉体ならともかく、こんなもろい食物に魔力をこめて、なぜ崩壊しないんだ」

魔力をこめる、というのは、案外難しい。

丈夫な物体や『魔力伝導率』の高い素材であれば、簡単だが……

魔力伝導率が悪く、もろい物体に魔力をこめるのはかなり難しい。

魔力をこめなさすぎれば強度が上がらないし、こめすぎれば破裂する。

もしロレッタが『炒った豆を、剣を受け止められる硬度にしろ』と言われれば、いったい何万粒の豆を破裂させれば可能になるのか、わからないほどだ。

アレクはなんでもなさそうに語る。

「コツがあるんですよ。まあ、これぱっかりは、経験ですかね……武器や防具を溶かす『王酸《おうさん》の洞窟』というところがありましてね。現地で拾った特殊な石で戦わざるをえなかった時に編み出した技です。慣れれば簡単ですけど」

「慣れるまでに何度死んだのだ」

「五十までは数えてたんですがねえ」

アレクは笑う。

ロレッタはため息をつき、おとなしく剣を納めた。

「……いきなりすまなかったな。奇襲ならば通じるかと、一応試してみたのだが」

「ロレッタさんは本当に奇襲に向いてないみたいですね……カウンターを乗り越えて調理中の背中を斬ればよかったのに」

「さすがにそこまでは……」

「器物破損などがありましても、気にしないでください。さすがに人質をとられたりすると、俺も本気で対応せざるを得ませんが……」

彼の視線は、客席のあいだでせわしなく注文を受けたり水を運んだりする、奴隷の双子にそそがれていた。

やはり、相当、かわいがっている様子だ。

奴隷は財産ではあるが、しょせんは財産にすぎない。

金を取り戻すために同じ額以上の金を支払う者がいないように、奴隷を取り戻すために自分の命を懸《か》けるような主も、普通、いない。

だから、奴隷は人質としての価値をもたないというのが、常識だった。

しかしアレクにとって、あの奴隷双子は、人質たりえると視線でわかる。

……というか、なにげなく客席を見回して気付いたのだが、ここの宿泊客は、今の『呼び出した店主にいきなり斬りかかる』という奇行を前にしても、なんら反応がない。

やはりというか、なんというか。

「……ちなみにだが、アレクさん、ここのお客は、みな、あなたに一撃を入れるという修行をクリアしているのか？」

「そうですね。みなさん、それぞれの方法で、攻略なさってますよ。試しに相談などされてはいかがでしょうか？」

「ふむ」

ロレッタは視線を客席に戻す。

そこにいる四人の客たちはそれぞれ違った個性のありそうな、女性たちだった。

……一人、やけに幼い子もいるような気がしないでもないが。

彼女たちの話を聞けば、直接の解決法にならなくとも、大きなヒントにはなるだろう。

しかし。

「いや、やめておこう」

「なぜです？」

「まだ私は、私だけでできることを試し終えていない気がするのだ。人を頼るのは、自分ででできるすべてを試してからにしたい」

「真面目《まじめ》な方ですね」

「……よく言われる」

自嘲《じちょう》するような声。

真面目という評価は、ロレッタにとって、あまりいいものではなかった。

彼女は話題を変える。

「そういえば、細君はいずこに？　また奥で料理か？」

「ああ、そういえばロレッタさんにまだ朝食をお出ししていませんでしたね」

「それもあるが……」

「妻は今、市場まで買い出しに出かけていますよ。実は昨日、別な方にほどこした修行で根菜を切らしてしまいまして」

「……そうか。私以外の修行も掛け持ちしているのだな」

根菜を切らす修行とはなんなのかという疑問が湧《わ》かないでもなかったが……

きっと、聞いてしまえば根菜を食べられなくなるたぐいの話だろうと判断した。

なので聞かずに、別方向に話題を転換する。

「アレクさんはあまり休めてはいないのではないか？」

「そうですねえ。まあ、お気になさらず。体力はありますので」

「しかし、修行というのは見ている方もそれなりに神経を使うものだろう……」

「そうですね」

「あまり無理をしないようにしていただきたいが」

「………」

「アレクさん？」

「ロレッタさんは本当に、真面目な方ですね」

「は？　まあ、よく言われるが」

「あなたの修行は予定より長くかかるかもしれません。半日多くとれて幸いでした」

「はあ」

「朝食、なんになさいます？」

どういうことなのか問い詰めたかったが、話題を変えられてしまった。

これ以上話を続ける気はないのだろう。

それに、空腹を覚えているのも事実だ。

だからロレッタは、注文する。

「豆以外ならなんでもいい」

そう言えばきっと、今日の修行に適した食事を用意してくれるだろう。

たった数日だけれど、ロレッタはアレクのことを師匠として信用していた。

……であればおそらく。

一見して無理難題に見える『アレクに一撃を入れる』というこの修行も達成できるものだ。

ロレッタはどうすればいいのか、アレクの動きをつぶさに観察し、考え続けることにした。

○

その後、ことあるごとに、アレクに攻撃をしかけた。

しかし——

避けられ。いなされ。弾かれ。パンやビスケットで受けられたりも、した。

隙がない、という話ではない。確かにこちらが攻撃をする直前までは、隙だらけなのだ。

けれど、動きが速く、目がいい。

なのでこちらが攻撃の意志をあらわにすると、すぐに対応されてしまう。

そうこうしているうちに。

時刻は、夕食ごろになっていた。

ロレッタは朝食の時と同じく、カウンター席に座る。

カウンター内に、アレクはいない。この時間は風呂を設営中だ。

代わりに、アレクの妻であるヨミと、二人の奴隷少女がいた。

ロレッタは大きなフライパンで卵を焼くヨミに話しかける。

「今から大変おかしな質問をするが、よろしいか」

「いいよー」

料理の手を止めずにヨミは返事をした。

ロレッタは意を決してたずねる。

「アレクさんの弱点を教えてくれ」

「あー……ははは……」

苦笑だった。

たぶん、このような質問はうんざりするほどされているのだろうと予測できる。

「……私が今朝方から何度もアレクさんに斬りかかっているのは、もはやご承知とは思うが」

「あの修行ね。知ってるよ。最初はびっくりしたけど、今ではもう『なんだいつものか』って感じになってるねえ」

「攻略法が全然見つからなくて、困っている」

「ロレッタさんは正直な人だからねえ。もっと卑怯《ひきょう》な手段使ってもいいんだよ？」

「……別件があるかのように装《よそお》って呼び出してみたり、待ち伏せてみたりもしたが」

「そうじゃなくってさ……手が離せなさそうな作業中に背後から斬りかかるとか、罠《わな》を張って動きを止めたところで剣を向けるとか、色々あるじゃない？」

「あなたは自分の主人にそのような真似をされても気にならないのか？」

「どうせ効かないしねえ」

「だったら意味がないではないか……」

「でも、そのうちどうにかなると思うよ」

「楽観的な……まあ、そうだな。修行期間一週間というのは、あくまでアレクさんが決めた期間にすぎない。私の方には一週間以内でどうにか『花園』に挑めるようにならなければいけない事情はないわけだし、気長に行くか」

「あはは。あの人の宣言した期間は絶対だよ」

「……そうは言うがな、別に、私は最初に言われた期間を過ぎたとしても、なんら文句を言うつもりはないぞ。それどころか、ここまでの短期間でも充分すぎる成果が出ていることを、感謝したいぐらいだと思っている」

「うん、だから、責任問題とかじゃなくってね？　あの人が一週間って言ったなら、それは、一週間でできる充分な算段があるっていうこと。心配しなくても、フッとなにかチャンスが来るよ」

「申し訳ないのだが、そんな『こいつは一週間ぐらいでフッとなにか思いつくに違いない』というのを算段とは、いくらなんでも無茶だと思う」

「根拠はあるんじゃない？　知らないけど」

「……あなたはずいぶん、アレクさんを信頼しているのだな」

「うーん、そうなのかなあ。たしかに、疑ったことはないかもね……」

「そういえばアレクさんはあなたを拾ったという話だったが、孤児だったのか？」

「どうなんだろ？　ぼく、本当の親の顔は知らないんだよね。クランってあるでしょ？」

「うむ」

クランというのは、冒険者の互助会のようなものだ。

基本的に冒険者同士が勝手に組む集団のことを指す。

冒険をする時は、パーティーを組むのが一般的だが……

そのパーティーのメンバーを突発的に募《つの》るのは難しい場合が多い。

そこで『クラン』という団体に所属することで、安定してパーティーを組めるようになる。

クランのいい面はまさにそのあたりだ。

信頼できるメンバーといつもパーティーを組めるので、安定した戦力で戦える。

仮にダンジョン内で遭難しても、仲間が助けてくれる。

雰囲気のいいクランならば、一緒に話すだけでも楽しい——らしい。

ロレッタはソロなので、あまり知らないけれど。

ただし、悪い面もある。

所属する『クラン』によっては、『会費』という名目でクランのマスターに献金をすることになったり、ダンジョンで取得したアイテムをプールして均等に分配する場合もありうる。

悪質なクランになると、冒険初心者を騙《だま》して使いっ走りにしたり、奴隷商に売ってしまったりという話もあった。

いい面もあるが、しっかり情報収集をしないと、冒険以外の面で危ない。

それが、ロレッタの認識する『クラン』という団体だ。

ヨミは柔らかい、どこかアレクを思わせる笑顔のまま語る。

「そうだねえ。輝く……あーっと、こっちは言えないか。今で言う『銀の狐団』っていうクランに、ぼくは気付いたらいたんだよね」

「……銀の狐」

この宿屋の名前は、『銀の狐亭』だ。

ということは、ヨミの所属していたクランとなにか関係があるのだろう。

しかし、言い回しに不自然な点があった。

ロレッタはたずねる。

「『気付いたらいた』とは、どういう意味だ？」

「そのままの意味だよ。物心ついた時にはもう、そこにいたの。親は……そのクランの創設者と、クランメンバーの女性の誰かだったみたい」

「…………それは、その、なんと申し上げればいいか」

「そっか。普通の人は気にする話だもんね。ごめんね、アレクと話してると気にしないから」

「彼ならばそうだろうな」

「で、クランが滅んでー、生き残ったアレクと一緒に冒険者やったの」

「待て待て待て。重要な部分の説明が抜けているようだが？」

「そう？」

「あなたの話だけ聞くと、『クランにいた』『クランが滅んだ』しかわからないぞ」

「でも、ぼくの記憶だと、ほんとにそんな感じなんだよねえ。経緯《けいい》はよくわからないけど、いつの間にかクランがほとんど壊滅状態になったの。たぶん難しいダンジョンに挑んだんだと思うけど」

「アレクさんとはいつ出会ったのだ？」

「あの人はね、壊滅直前にクランに入ったんだよ」

「では、アレクさんがいたのにクランは壊滅したということか？　彼がいれば、ダンジョン程度で壊滅するほどクランメンバーが減る事態になるとは思えないのだが」

「セーブの話？　あれはねえ、なかなか、みんな怖がってやってくれなかったらしいよ。よくわかんない怪《あや》しい儀式じゃない」

「……まあ確かにそうだが」

いざ効果を実感してしまうと、修行が終わっても冒険前には必ずセーブしたいぐらいだが。

確かに、知らないままだと怪しい儀式だ。

これで死なないなどと言い添えられたら、妙な呪いでもかけられたかと疑うだろう。

それでも、とロレッタは思う。

「彼の強さがあれば、クランメンバーを守れただろうに」

「それもねえ。アレクは最初から強かったわけじゃないから。あの人は、たくさん死んで、それで強くなったんだよ」

「……そういえば、十年間死に続けたみたいな話を聞いた気がするな……それでも弱いあの人を想像できないのだが」

「でも昔はぼくのが強かったぐらいだしねえ。当時十歳ぐらいのぼくの方が、あの人より」

「今は？」

「同じぐらい……ではないかなあ。ぼくは適性が偏《かたよ》ってるからね。あの人はなんにでも適性あるもんねえ。同じぐらい死んでても、同じ強さにはなれないよ」

「……そうなのか。しかし……」

ロレッタは表情を曇らせる。

ヨミが料理を終えて、近くに来た。

「どうしたの？」

「話を聞くに、絶望しかないと思ってな。才能に頼った強さならば、慢心や想定外の事態に対する狼狽《ろうばい》も望めるだろう。だが、死に続けて積み上げた堅実な強さだと、つけいる隙がない」

「あー……」

「どうすればアレクさんに一撃入れられるんだろうか」

「アレクの方からなにかヒントはないの？　嘘は苦手だから、ついポロッとしゃべったり、不自然に黙ったりする時があると思うけど……」

「ヒントなどあるのか……？　そもそも答えはあるのか？」

「答えのない問題は出さないはずだけど。なにか気になることはなかった？　ないなら、もうちょっとアレクと話してみるといいかもね」

話をする。

なるほど、とロレッタは思った。

他の、『アレクに一撃を入れる』を終えた宿泊客に聞くのは、卑怯に思えたが……。

仮想敵であるアレク本人との会話で、攻略の糸口をつかむならば、卑怯ではない気がする。

……人に聞いたら同じことだと言われるかもしれないが。

ロレッタには、矜持《きようじ》を守りつつ、攻略の糸口をつかむ、いい折衷案《せつちゆうあん》に思えた。

「しかし嘘が苦手なのであれば私も負けていない。どのようにして彼に切り出せばいいのか」

「……アレクと同じぐらい嘘が苦手とか、ものすごくいっぱい騙されてそうだね」

「う、む…………まあ、騙されては、いるかな……叔父などに……」

「そうなの？」

「ちょっと家督相続問題で色々とな」

「貴族みたいなこと言うねえ」

「……アレクさんからなにも聞いていないのか？」

彼の前で、貴族の出自は漏らした気がする。

ならば奥さんにぐらいは伝わっているものと、ロレッタは思っていたのだが……

「ううん。聞いてないよ。あの人、口は固いから」

「そうだったのか……」

「信用商売だからねえ。お客さんの個人情報しゃべるようじゃ、宿屋はつとまらないよ」

「確かにそうだな。いや、知らずみくびっていたようだ。すまない」

「ぼくに言われても……ちょうどいいから、本人に言えば？」

「そうだな。風呂の支度が終わったら、言おう」

「もう終わってるみたいだけど」

ヨミが指さす。

その先には――

「ただいま戻りました。お風呂、入れますよ」

柔らかい笑みを浮かべたアレクが、音もなく立っていた。

○

死ぬほどびっくりした。

「あなた方夫妻はなぜ日常生活で気配を消すのだ!?」

ロレッタは椅子から飛び退《の》いて言う。

夫妻は顔を見合わせて、笑い合う。

そして、夫が代表して質問に答えた。

「癖《くせ》です」

「どういう日常を送ればそのような癖がつくのだ」

「お客様に従業員を意識せずくつろいでいただくためのたしなみです」

「逆効果だと思うぞ」

ロレッタはため息をつきながら席に戻る。

ヨミが調理場に戻り――

アレクが代わりに、そばに来た。

「……」

「あ、アレクさん、何用かな？」

「…………」

「アレクさん？」

「…………あ、はい。すみません。ちょっとぼんやりしてしまって」

「あなたがか？　私の攻撃を誘う悪辣《あくらつ》な罠ではなく、本当に？」

「まあ、はい……というか、俺は罠を張って攻撃を誘ったことは今まで一度もないですが」

「なんということだ……」

今、ものすごいチャンスだったのではないかとロレッタは後悔した。

アレクがぼんやりすることなど、今まで想像さえしたことがなかったので逃してしまった。

というか。

「……アレクさん、お疲れではないのか？」

「えっと、はい。そこそこ」

「であれば、休んだ方がいい。あなたに修行をつけていただいている身で僭越《せんえつ》だが、お疲れの時に無理をするのはよろしくない。あなたが万全でないと、私も全力で修行ができないのだ。どうか今日は修行を中止し、休んでくれ」

「…………」

「アレクさん？」

「いえ、ロレッタさんの生真面目《きまじめ》さには頭が下がるばかりです」

「どうしたのだ急に」

「えーっと、少し話しましょうか」

困り果てた顔で、そんな申し出をする。

ロレッタにとっては願ってもない話だった。

当然、承諾《しょうだく》する。

「わかった。私もあなたに聞きたいことがあったのだ」

「なんでしょう？」

「いや、そちらの話からしてくれ」

「こっちは後でも大丈夫ですよ」

「そうなのか……実はだな、あなたに聞きたいことというのは、あなたの倒し方だ」

キッチンでヨミがこけた。

音におどろいてそちらを見たロレッタだったが……

ケガはなさそうなので視線をアレクに戻す。

「不器用な質問かもしれないが、私は駆け引きが苦手でな。あなたとの会話で、あなたの弱点を引き出したく思う」

「駆け引きが苦手なのに、会話の中で弱点を聞き出そうっていうのは、間違いのような」

「わかっているが、試す攻撃は全部試した。あとは戦略を変えるしかない」

「……まあ、そのあたりが、ロレッタさんですよね」

「どういう意味だ？」

「いえ、もっと卑怯な手を使っていただいて全然かまわないのですが、ロレッタさんの攻撃手段はどれも正直なものばかりでしたから。ひょっとしたらこの人は、卑怯なことができない病気なのではないかと心配しておりました」

「卑怯なことなら、したが……まったくの別件で呼び出したふりをして、あなたに攻撃をしかけたりもしただろう？」

「急に意味不明な用事で呼び出されれば、子供でも警戒しますよ」

「なんだと……では、あなたは私の奸計《かんけい》に騙されてのこのこ油断して私の前に現れたのではなかったのか」

「まあ、のこのこ油断して前に現れるよう努力はしていますが、それにも限界はあります。あなたがあまりに素直すぎるもので、『あ、これ攻撃されるな』という予想はどうしてもしてしまうのです。努力が至らず申し訳ありません」

「あ、謝らないでくれ……私が馬鹿みたいだろう」

「申し訳ないのですが言わせていただくと、日常生活で詐欺《さぎ》に遭《あ》わないか心配になるレベルで馬鹿正直だと思いますよ」

「……そうだな。いや、おっしゃる通りだ。私は馬鹿みたいに正直者なのだと思う」

ロレッタがうつむく。

アレクは首をかしげた。

「騙された経験がおありで？」

「うむ……まあ、なんだ。あなたの口の固さを信用して言ってしまえば、私は叔父に騙されて財産のほとんどと家督をゆずってしまったのだ」

「貴族のおうちの話ですよね？」

「そうだな。私の母は冒険者と結婚した変わり者だったのだが……その職業柄《がら》、父は早くに亡くなってしまってな。それでも母はがんばっていたのだが、ひと月ほど前に、暗殺された」

「暗殺？」

「それなりに大きな家だったからな。警護もつけていたのだが……凄腕《すごうで》の暗殺者にやられてしまったらしい。なんでも、『はいいろ』とかいう……」

「………」

「アレクさん？　お疲れか？」

「いえ、続きを」

「そ、そうか？　……それで、亡くなった母のあとを私が継ぐことになったのだが……ああ、突然ですまないが、私はいったいいくつに見える？」

「えっと……十八とか、ですかね？」

「……やはりそうか。いや、その、実はだな。十四歳なのだ」

「…………」

「アレクさん？」

「しまった、今攻撃されたら絶対当たってた」

「なんだと!?　そういうことは前もって言っていただけないか!?」

「ええっと、すいません。十八というのも、若く見積もりました。本当は二十ぐらいと」

「…………なんということだ。私は実年齢を明かすだけであなたの隙を誘えたのか……」

心の底から悔《く》やむ。気付いていれば、最後の修行は今この瞬間に終わっていたのに。

アレクが苦笑しつつ言う。

「ロレッタさん、続きを」

「……うむ。そのように老《ふ》けて見られることが多いものの、私はまだ成人まで一年ある。ということで、叔父夫婦が、私が成人するまで代理で家の面倒を見てくれると申し出たのだ」

「老けて見えるのは、しゃべり方が古風なせいじゃないですかね」

「その話はもういい」

「ちなみにうちの妻は実年齢より若く見られます」

「のろけ話をしないでいただけないか。今、私は重要な話をしている」

「申し訳ない」

「……それでだな。気付けば実権をすべて握られ、私は屋敷を追い出されていた」

「あいだの重要な部分がすっぽり抜けてる気がするんですが。俺の妻みたいな話題展開をしないでください」

「いや本当に、気付いたら追い出されていたという感じなのだ。どうにも叔父の方は前もって家督を掌握《しょうあく》する準備を進めていたらしく、あっという間に」

「その印象が真実とすれば、あなたのお母様に暗殺者を差し向けたのはおじさんなのでは？」

「私もさすがにそう思う。が、問い詰めようにも屋敷にすら入れてもらえない。そこで叔父が『花園』の調査中に落とした家長を示す指輪を持って、屋敷に入れざるを得ない存在になり、改めて問い詰めようと、そういう思いで私は『花園』を目指している」

「なるほど」

「言えてスッキリした。私は隠し事が苦手なのだが、この話は貴族のお家問題、いわば醜聞《しゅうぶん》なのであまり人に言いふらすものでもないし、もやもやしていたのだ。すまないな、長い話を聞かせてしまって」

「いえ、俺でお力になれたのなら幸いです」

「それで申し訳ないついでにお聞きしたいのだが、今の話を聞いて、やはり暗殺者を仕向けたのは叔父だと思うか？」

「……今の話だけですと、真実まではなんとも」

「それもそうか。……いや、叔父の人柄から考えても、間違いはないと思うのだが……もし違っていたら、私は間違った思いこみで叔父を責めることになる」

「家督を騙し取られたんですから、糾弾《きゅうだん》してもいい相手ではありますが」

「無罪の者を有罪であるかのように責め立てるのは、よくない」

「……クソ真面目ですね」

「汚い表現を使わないでいただこう。これは、貴族の生き様、いわば貴族道だ」

「武士道みたいなノリだ……」

「またよくわからないことを」

「この世界に武士はいませんものね……」

彼が苦笑する。

ロレッタは理解しなくてもいいことなのだなと判断した。

「ともかくだ。……叔父が暗殺に使ったとおぼしき『はいいろ』を捕まえられれば、解決するのだが……私はそちら方面の調査のアテがないしな」

「………」

「どうしたのだ、アレクさん？」

「……………………はい、はい」

「アレクさん？」

「はい。いや、その、すみません。もう一度お願いします」

「……やはりお疲れなのではないか？　今日の仕事が終わったら、眠ればいい。私の修行に関してはまた後日でいいぞ。あなたが睡眠中、私は奇襲をしないと誓おう」

「……わかりました」

「わかってくれたか」

「…………いや、ロレッタさんの修行は、ぴったり一週間で終える予定だったんですが」

「急になんの話だ？」

「すいません、見誤りました。――もう限界です」

そう言うと。

アレクは、バタンと椅子ごと背後に倒れこんだ。

かなりの音と、震動さえ響く。

ロレッタは狼狽して、アレクのそばにしゃがみこんだ。

「アレクさん!?　いきなりどうした!?　私はなにもしていないぞ!?」

あのアレクが倒れるとは思っていなかった。

らしくもなく動揺しながら、ロレッタは必死にアレクの名を呼んだ。

返事はない。

まったく、ない。

○

「ロレッタさんの修行を始めてから一睡もしてなかったしねえ」

ヨミによれば。

アレクが急に倒れたのは、そういうこと、らしかった。


ここは、アレクとヨミ、それに二人の奴隷少女が寝起きする部屋だ。

一階、中庭に出る扉のすぐ横にある、客間より少々広い程度の空間だ。

四人で寝起きするには、狭いようにロレッタには思えた。

ベッドは例の『スプリングベッド』とかいうもののようだが、調度品は少なく、殺風景な印象は否《いな》めない。はっきり言ってしまえば、粗末な部屋、ということになる。

アレクは、大きなベッドの上で眠っていた。

派手に後頭部から倒れこんだような気もしたが、さすがの丈夫さというところだろう。

無事なのはよかった。

だが――修行を始めてから七日間、一睡もしていなかったということになるのか。

ロレッタが初日に風呂に入っているあいだも。三日三晩、戦っているあいだも。

……一昼夜、眠り込んでいるあいだも。

彼はずっと、起きていたのだ。

「……私が、アレクさんに無茶をさせてしまったということか」

ロレッタは、アレクの寝顔を見ながらつぶやく。

たしかに宿の仕事もあるアレクが、修行までつけるとなれば、寝る暇もないだろう。

まして並行して二人の修行をしていたようなことも言っていた。多忙を極める七日間だったはずだ。

ロレッタはヨミに向けて、謝罪する。

「すまない。私のせいで、あなたの旦那様に無理をさせてしまい……」

「んー……ロレッタさんのせいっていうのは、その通りなんだけど……謝ることはないよ？」

「しかしだな」

「寝る気になれば数秒の睡眠で元気取り戻す人だし」

「…………人ではない生物の話を聞いているかのようだが」

「鍛えれば、それこそ誰でもできるよ」

「あなたの旦那のようなことを言わないでいただけないか。努力でなんでもできると思ったら大間違いだ」

「でも、ぼくもできるし……まあ、一週間ぐらいなら、数秒の睡眠を挟めば無理なく活動できるのは本当だよ。一年とかだと無理だけど」

「私は一週間でも無理そうだが」

「とにかくだよ。眠らなかったのは、アレクの意志だったってこと」

「……どういう意味だ？」

問いかける。

するとヨミは悩むそぶりを見せたが、笑って話を始める。

「さっきアレクも『見誤った』って宣言してたしね。言っちゃうと、修行の締めくくりに、あなたに寝込みを襲ってもらおうとしてたんだよ」

「ど、どういう意味だ!?」

「変な意味じゃなくてね？　眠気で限界でふらふらになれば、さすがのアレクでも一撃もらっちゃうこともあるから、そこを狙ってほしかったんだよね。だから、最後の修行に備えて、最初からずっと起きてたんだけど」

「……最初から、そこまで考えていたのか」

「うちの人は考えなしに見えて、けっこう色々考えてるんだよ？　ただ過程を話さないから人に誤解されるだけで……」

「似た者夫婦なのか」

「アレクに育てられたからね」

自慢げに言う。

ロレッタも笑った。

「……だが、私は彼の深謀遠慮《しんぼうえんりょ》に応《こた》えることは、できなさそうだ」

「今は、攻撃されたって起きないとは思うけど」

「そうは言うがな。……先ほど誓ってしまったのだ。寝込みは襲わないと」

「だからアレクも『見誤った』宣言をしたんだと思うよ」

「……申し訳ない」

「不器用だねえ、ロレッタさん」

「……私のやり方は、きっと賢くないのだろうな」

「そうだねえ」

「しかし、賢くなくとも、誰に恥じることのない生き方を、私はしたい」

「……」

「誰かを騙して富をかすめとることはしない。卑怯な真似をして利を得るようなこともしたくない。……子供っぽいかもしれないが、私は母を失い家を失い、それでもそう思った。だからこそ、叔父にも正規の手段で対面し、正しい手段で糾弾したいと、そう思っている」

「なんの話かは、わからないけど」

「そうだったな」

「アレクが自分で定めた予定をあきらめるぐらい評価してる理由は、わかったよ」

「……私は評価されていたのか？」

「あの人、頑固だから。豆修行もいくら言ってもやめないし。ぼくの注意はあんまり聞いてないんじゃないかな」

「そういえばそうだな」

「たぶんロレッタさんの修行も、一週間以内で終わらせる方法はあったと思うよ」

「……そうなのか」

「でも、それはロレッタさんの信念に反すると思って、しなかったんだろうね。……評価されて尊重されてると思うよ」

「………そう、なのか」

嬉しかった。

不器用すぎて失望されてしまったものと思っていた。

自分が賢くないことは、現状を鑑《かんが》みれば充分にわかる。

全部奪われた。

それでも残ったのが、貴族としての矜持だった。

だから守り通したい。

正々堂々とあれ。

卑怯な真似をするな。

弱き者を守るため、強くあれ。

それが、貴族たる者の義務《ノブレスオブリージュ》。

きっと現実には即さない――

それでもロレッタの目指す生き方だった。

「修行はどうするの？」

ヨミがたずねてくる。

ロレッタは、うなずいた。

「可能であれば、続けさせていただきたい。私は『花園』に挑む必要がある。それはきっと、早ければ早いほど望ましい」

「普通にやったら数年かかるんだっけ？」

「そのようだ。ここ以上に早く鍛えられる修行場はなく、彼以上に弟子を伸ばす師匠はいないだろう」

「うちは修行場じゃなくて宿屋なんだけどね……」

苦笑。

ロレッタも、苦笑した。

「宿屋としても、もちろん評価している。というか、建物の外観に騙されそうになるが、ここはおそらく王都でも最上のもてなしを受けられる宿ではないか？　特に風呂が素晴らしい。あのような広々とした湯船に毎日入るなど、王族でもしていない贅沢《ぜいたく》だろう」

「あれはアレクのこだわりでね。そこを褒められたら、きっとうちの人も嬉しいと思うよ」

ヨミが笑う。

その笑顔に――

「俺が死んだみたいな空気を出すのはやめてくれますか」

目覚めたアレクが、声をかけた。

ロレッタはおどろく。

「もう起きて大丈夫なのか？」

「はい。たっぷり寝ましたから」

「……数秒で元気を取り戻すあなたからすれば、たっぷりと言えるのだろうな」

数分しか経《た》っていない。

本当に人なのか不思議だった。

アレクは立ち上がって、ロレッタの正面に来る。

「申し訳ありません。約束の期日を過ぎてしまって」

「あなたは充分にやってくれた。私が期待に応えられなかったのだ。本当に申し訳ない」

「ロレッタさんの性格を読み切れなかったのが敗因です。なので、仕方ありませんが――少々強引な手段をとることにしましょう」

「断崖絶壁から飛び降りたり、豆で窒息死をしたり、三日三晩ダンジョンで戦い続けたり、今までも充分に強引な手段をとってきたように、私には思えてならないのだが」

「今まではスマートでしたよ。俺でもちょっと強引だなと思うのは、次の修行です」

「やだ。もうやだ。助けて」

「今のは年相応に子供っぽかったですね。普段からそのしゃべり方なら、きっと老けては見られないと思いますよ」

「違う。注目してほしいのは口調ではない。『助けて』という言葉の方だ」

「ははは。では、明日の予定ですが」

アレクは柔らかく微笑む。

ロレッタは助けを求めてヨミの方を見た。

いなかった。

「おい！　つい今し方までいたあなたの奥さんが、唐突に行方不明だぞ!?」

「俺が起きたので仕事に戻ったのでしょう」

「動いた気配がなかったが！」

「最上のおもてなしのために、従業員一同、常に気配を消しております」

「だから逆効果だと言っているだろう！　イヤだ！　助けて！　誰か助けて！　きっとものすごく辛《つら》い修行やらされる！　私、もう心の傷増やしたくない！」

ロレッタは逃げようとする。

だが、背後から襟首《えりくび》をつかまれてしまった。

背中から柔らかな、包容力のある鬼畜ボイスが聞こえる。

「大丈夫ですってば。次の修行は、ダンジョンに挑むだけですから」

「嘘だ！　今度は五日とかかけてモンスター絶滅させせろとか言われるに違いない！」

「まあおおむね間違ってないです」

「やだよお。もうやだよお。素手で、べちょって、拳に、べちゃり、ぐちゃり、って」

「次の修行は、武装していいですよ」

「どんな裏があるんですか」

「ありません。やっていただくことは、普通に、ダンジョンの制覇をしてもらうだけです」

「そ、そうなのか？」

ちょっとだけ元気を取り戻す。

ダンジョン制覇は一握りの冒険者にしか為しえない偉業だ——などと言っていた時期もたしかにあった。

でも、今のロレッタには、まったく大変なことに思えなかった。

数々の修行に比べれば、街で買い物でもするかのように、気楽なことに思える。

アレクはいつものように、なんでもない口調で。


「やっていただくことは——『花園』の制覇です」


ロレッタにとって目標であるはずのことを。

「多少強引な手段になりますが、セーブ＆ロードを繰り返して、死にながら攻略していただくことになります。古き良きハック＆スラッシュだと思えば、まあ、死ぬのも楽しいかもしれませんよ」

さも通過点であるかのように、笑いながら語る。

「本当は、目的のダンジョンで何度も死にながら攻略するようなことをさせたくはなかったんですけどね。古き良きとは言いましたけど、古いやり方なのは、事実です。今は挑むダンジョンよりも効率のいい狩り場で充分にレベルを上げて、目的のダンジョンでは死なずに一発クリアが主流だと、俺は思っていますから」

彼は肩をすくめる。

それでも、その手段を選ぶ理由を語る。

「ただ、『花園』で死ぬ可能性をまったくの皆無にできるかと言えば、確約はできません。なにせ俺が実際に挑んでダンジョンレベルを測ったわけじゃありませんから。挑んだなら制覇するのが冒険者後期ごろの、俺のこだわりでしたし」

発言は、やはりいちいちとんでもない。

けれど彼ならば本当にそうするのだろうと、ロレッタには思えた。

「明日、起きたら『花園』に向かいましょう。だから充分に休んでください。制覇依頼などの手続きは、今から俺が、代わりにやっておきますよ。ギルド長と話したいこともありますし」

「……いや、それは無理がある。通例、ギルドで依頼を受ける場合、受けるメンバー全員がその場にそろっていることが条件だ。『代わりに受けた』などという言い訳で、他者に無茶な難易度のダンジョン攻略を押しつけるやからが出ないようにする必要があるからな」

依頼によっては契約金や違約金が発生する場合もあるのだ。

冒険者が無闇《むやみ》に損害を被《こうむ》らないようにするための、当然の措置であった。

だがアレクは言う。

「ギルド長とは顔見知りですし、うちの宿の事情もご存じですから。『駆け出し冒険者に最高のサポートを』というのも、うちの指針の一つです」

「初耳ではある。……が、今までしてもらってきたことを思えば、そのような指針があっても不思議はない」

「ですから明日は、目覚めたら真っ直ぐに『花園』へ行きましょう」

――という、手厚い支援を受けて。

ひょんなことから。

ロレッタは目標としていたダンジョンに挑むことになったのであった。

○

そして。

翌朝、本当に、ロレッタは『花園』前に来ていた。


王都西。

広大な草原が広がるその場所に、ひときわ大きな一つの花がある。

もはや樹木と言いたくなるような太い茎。

天を衝《つ》くほど高い場所にある、花弁。

葉の一枚には人が百人も乗れそうな大きさがあった。

その花の周囲には、女王にかしずく侍従《じじゅう》のように、美しい花々が群生していた。

目を奪われる景色。

だが——見惚《みと》れていると、命を奪われることになるのを、冒険者たちは知っている。

周囲にはあまり人がいない。

発見直後のダンジョンは、中に入らなくても様子見の者で賑《にぎ》わうのが通例だ。

しかし、このダンジョンは、発見からたったひと月であまりに多くの死者を出した。

そのため、『一度でもなんらかのダンジョンを制覇した者の挑戦』が推奨《すいしょう》されている。

そして、ダンジョン制覇者は数少ない。

結果として——誰もいない。

それが、『花園』と呼ばれる美しいダンジョンの、現状だった。

この場には、ロレッタの他に、アレクと、それから奴隷の双子の片割れがいた。

ロレッタは感慨深げに『花園』の花弁を見上げている。

「……ひと月前だ。叔父がここで家長の証《あかし》である指輪を落としたのは。そのころが、私の人生で一番の激動期だった。母が死に、家督をかすめとられ……思えば、叔父がここで指輪を落としたというのは、神のお導きかもしれん。いつか私に家督を取り戻せという、何者かの意志が介在しているようにさえ、思えるよ」

様々なことがあったように思える。

今、その終着点に立っている。

ロレッタは感慨をこめて、師匠たるアレクに視線を向けた。

アレクは笑顔でうなずいて、言う。

「セーブポイント出しておきますね」

いつものアレクだった。

彼には特に感慨はないらしい。

「ありがたいが！　もっと、なにかないのか！」

「やだなあ、ここまで来たら俺はもう、セーブポイントを出すことぐらいしかやれませんよ」

「……たしかにそうかもしれないが……仮にもあなたが育てた弟子が、目標に挑むのだぞ。もう少し激励してくれてもいいのではないか？」

「別に、これで終わりじゃありませんし」

「……私としては、終わりのつもりだが」

「違うでしょう？　ロレッタさんの目的は、家督を取り戻すことのはずだ。『花園』制覇はそのための準備でしかない」

「……」

「駆け出し冒険者が初めての目標を達成するまで、俺はしっかりとサポートしますよ。冒険者育成も、俺の宿の仕事の一つだと、思っていますからね」

「……そう、だったな」

「まあ、育成が仕事なので、一緒にダンジョンに挑んで差し上げたりはしませんけど」

「それはわかっている。あなたに頼んだのは冒険の手伝いではない。目的は自分の手で達成してこそ意味があると、私は思う」

「ご理解いただけているようで、なによりです。……強い人に連れ回されてダンジョンを制覇したところで、なんの経験にもなりませんからね」

「今回のことは、修行も含めて、いい経験だったと思う。貴族として生きていくことになっても、きっと私はこの七日間を忘れない」

「まあ、今日は八日目なので、七日間だけ覚えていられると、早い方の記憶から消えていきそうなのですが」

「揚げ足をとらないでいただけないか。あと、本音を言ってしまえば、私は修行の記憶を一刻も早く消したいと思っている」

「では、ダンジョンから帰られたら、豆料理をお出ししますよ」

「やめてくれ。生きて帰ろうという希望がなくなる」

「死なないから大丈夫です」

ははは、と笑う。

なにが面白いのかロレッタにはさっぱりわからなかった。

だから話題を変える。

「ところで、双子の片割れを連れてきているようだが、ひょっとして私の手伝いか？」

アレクの横には、まだ幼い少女がいた。

白い毛並みの、猫のような耳を生やした獣人だ。

名前はたしか――

「ブランですか？」

「そうだ。私が宿に来た日、彼女は他の冒険者の手伝いをしていたとか聞いた気がする。今日は私を手伝うために連れてきてくれたのか」

「先ほども申し上げた通り、強い人に連れ回されてダンジョンを制覇したところで、なんの経験にもなりませんので」

「……その子は私より強いとおっしゃるのか」

「そうですね。純粋な戦闘能力だけで言えば、うちの宿で二番目です」

「一番はあなただろう？　ということは、ヨミさんよりも強いのか」

「妻は細かい魔法が得意ですから。肉弾戦だとそこまでもないですよ」

「ということは、ブランちゃんは肉弾戦が強いのか」

「腕力だけで言えば、大人百人との押し合いで勝てますよ」

「……あなたの話はいちいち大きすぎて、すべてホラに聞こえるのが難点だな」

「本当なのになあ」

困ったように頭を掻く。

とにかく冒険に同行させてくれるのではないらしい。

ロレッタはたずねる。

「では、ブランちゃんはなんのために?」

「セーブポイントの見張りです。な?」

アレクはブランに呼びかける。

すると、彼女は、サッとアレクの背中に隠れてしまった。

内気な子のようだ。

仕事中は普通に客の注文をとっているようだが、宿の外だと、また変わるらしい。

アレクが苦笑した。

「……この通り内気ですが、言いつけはきちんと守る子なので、ご安心ください。ロレッタさんの復帰地点はこの子が守りますよ」

「それはいいのだが、セーブポイントを守るというのは?」

「今までもやっていたんですが……これはこの通り、壊れたりはしないんですけど、悪用される可能性はあるので。俺が認めた人以外は使えないようにいつも見張ってるんです」

「そうだったのか……その割には、私は初めて会った日に簡単に使えた気がするが」

「ロレッタさんは一目で正直者だとわかりましたから」

「慧眼《けいがん》恐れ入るが、それはもうただの勘《かん》でしかないと思うぞ」

「根拠らしきものを語るなら、あなたが悪人でも、俺がその場にいれば、あなたを殺さない程度に足止めして、セーブポイントを消せばいい話でしたから。セーブポイントが消えればロードできませんからね」

「当時、悪いことはまったく考えていなかったが、魔が差さなくてよかったと心から思う」

なんだろう『殺さない程度の足止め』とは。想像するだに恐ろしい。

死が一番辛いことではなく、生きているがゆえに苦しいこともあるのだと、ロレッタはいくつかの修行で骨身に染みて実感していたので、恐ろしさもひとしおだ。

しかし、気になることは、やっぱり残った。

「アレクさんが見張りをするのでは足りないのか？」

「ああ、申し訳ない。俺はちょっと、席を外さないといけないので……」

「そうなのか……まあ、そうだな。あなたの本業は宿屋主人だ。やらなければならないこともあるだろう。むしろ、今までよく私の修行に付き合ってくれたと感心し、感謝するばかりだ」

「宿屋とは別件なんですが……その、聞かないでください。答えそうなので」

「そう言うならばたずねまい。なんのお仕事かは知らないが、がんばってくれ」

「仕事っていうか雑務処理っていうか……がんばります」

「うむ。こちらも、誠心誠意努力しよう」

「俺の見立てでは五回ほど死ぬと思いますので、そのつもりで」

「たった五回か。ならば大した問題ではないな」

「そうですね」

アレクは笑う。

ロレッタは今のやりとりをしたあとで、アレ？　と首をかしげた。

五回死ぬのは大したことだと思っていた時期も、たしかにあったような気がするのだ。

でもそれは、もう思い出せない遠い日のことのようだった。

過去はもういい。

それより今は——未来を見よう。

目の前のダンジョンを制覇し、指輪を見つけ出す。

そのことだけを考えようと、ロレッタは頭を切り換えた。

「それでは行ってくる」

「はい、お気を付けて」

アレクが手を振る。

彼の背後から、おどおどとブランがこちらを見ている。

ロレッタは軽く手を振り返し、『花園』へと向かった。

ダンジョンに挑むというのに、足取りにこわばったところは少しもない。

これも修行の成果だろうとロレッタは誇らしく思った。

○

ロレッタが『花園』へ挑んでいるころ——

アレクは冒険者ギルドに来ていた。

昨日、『花園』制覇の依頼を受ける際に頼んでおいた用事を済ませるためだ。

冒険者ギルドと呼ばれる建物は、街の中心部にあった。

正式名称を『冒険者支援寄合王都本部』というが、もっぱら『ギルド』と呼ばれている。

大きな建物だ。

石造りの二階建て。

入り口は常に大きく開け放たれており、どんな冒険者でも拒《こば》まない。

一階は酒場を兼ねたスペースになっている。

昼ともなると百人以上の冒険者でごった返していた。

ちょっと通るだけでも、人と人の隙間を縫うように歩かなければならないほどだ。

アレクの目的はどうやら二階にあるらしい。

一階の人混みを抜け、そこかしこで交わされるケンカじみた『いつものやりとり』を聞き流し、誰に見とがめられることなく目的の場所に向かっていく。

二階にあるのは、依頼窓口だった。

依頼する方もされる方も、この窓口を利用することになる。

昼夜を問わず常に受付が待機していて、一日中、いつの時間も利用可能だ。

ただ、今の時間は五つある受付すべてに人がぎっしりと並んでいる。

この時間帯に待たずに依頼をしたり受けたりすることは、不可能のようだ。

アレクは依頼窓口を横目に、さらに奥へ進む。

その先にはもう、小さな木製の扉が一つしかない。


『ギルドマスターの部屋　関係者以外立ち入り禁止』


扉には、そんなプレートが打ち付けてあった。

アレクはかまわず扉を開き、中へ入る。

内部はソファと机、それに大量の羊皮紙《ようひし》のある空間だった。

常に煙がただよっており、独特な甘い香りがする。

これはギルドマスターの吸うパイプの煙だと、アレクは知っていた。

煙と書類の奥。

丈夫で立派な、大きい机。

そこに座っているのは、おおよそ調度品とサイズの見合っていない、小柄な少女だった。

浅黒い肌に、緑色の髪。

特に目につくのが、頭髪の長さだ。

少女は大きな調度品と、長すぎる髪に埋もれているようだった。

髪の隙間からのぞく眼光は鋭い。

倒すべき敵を見る冒険者のような目。

当然だ。彼女にとって、ノックもせずに入ってきたアレクは侵入者に過ぎない。

ご丁寧に『関係者以外立ち入り禁止』のプレートまで打ち付けてある彼女の仕事場に侵入したアレクを、彼女はこのように出迎えた。

「おう、よく来たな。適当なところに座りな」

ぶっきらぼうではあるが、歓迎している様子だった。

しかしその声――容姿は幼い少女なのに、しわがれた声はまるで老人だ。

初めて聞いたのならば、ぎょっとしてしまうだろう。

アレクはおどろいた様子もなかった。

慣れた所作《しょさ》で、近場に積んである紙の上に腰かける。

それから、柔らかい笑顔を浮かべ、椅子に根を張る少女へ呼びかけた。

「クーさん。昨日依頼した件、どうですか？」

アレクの言葉に、クーは目を細める。

幼い容姿に似合わず妙に迫力がある表情だ。

「『はいいろ』の件か。一晩でできる調査は終わったよ」

「どうでした？」

「あんたの追っかけてる方で間違いねえな」

パイプを吸って、ぷかり、と煙を吐き出す。

瞳には厭世《えんせい》的な光があった。

アレクは追いかけているという者の手がかりを得て、それでもまったく表情を変えない。

わずかな動揺も、喜びも、なにもなく。

柔らかい笑顔を浮かべたまま、続きをたずねる。

「そいつの所在などは？」

「さすがに一晩で調べ上げられる情報じゃねえな。ま、本気で探せば二日か三日というところだろうが……」

「お願いします。追加で依頼料が必要であれば、言ってください」

「……しかしなあ。あんたも変わり者だよ。確かに『はいいろ』は有名な暗殺者だ。その道で知らないやつはいねえし、危険なのも間違いねえ。……本物だろうが、模倣犯《もほうはん》だろうがな。それでもわざわざ私財をなげうってそんな危険人物を成敗《せいばい》しようだなんて、普通はやらねえ」

「暗殺者、ですか」

「違うのか？」

「『はいいろ』は暗殺者ではないと、俺は思いますけど……まあ、その方面の人物にカテゴライズされるのも仕方ないのかな。『はいいろ』を正しく分類する職業は、きっとこの世界にはないんでしょうし」

「あんたの元いた世界ならあるのか？」

「そうですねえ。強《し》いて分類するとすれば、『カウンセラー』かな？」

「よっぽどえげつない職業なんだろうな、それ」

「……ともかく、見つかりそうならよかった。いるとわかっていつまでも放置しておくのは、精神衛生上よろしくないですからね」

「害虫みたいに言うねえ……」

「違います。中二ノートみたいなものです」

「わけわかんねーよ。なんだそれは」

「人知れず葬りたいものですよ」

アレクは立ち上がる。

クーはジロリと視線を動かして、彼を見上げた。

「新人育成、うまくいってるかい？」

「……それなりには。なるべく厳しくない修行を選んでいるつもりですけど、どうにも感覚が違うみたいで」

「あんたの『厳しくない』は普通の人には『拷問』だからな」

「そんなに厳しいかなあ……効率よく耐久力上げるのも、三日三晩ダンジョンにこもるのも、ゲーマーだったら当然のはずなんだけど」

「あんたはたしか、元の世界じゃその『ゲーマー』だったんだっけか」

「そうですね。割と廃人でした」

「……廃人になるような職業なのか」

「職業じゃないですけど……趣味で廃人やってたっていうか」

「趣味で廃人とか頭おかしいだろ」

「……今考えるとそうかもしれませんね。でも、セーブもない状況で死ぬような訓練やらせたりはしませんよ。すべてセーブがあるから、ゲームみたいなことを修行にできるんです」

「あんたの発言は相変わらずわけわかんねーな。……まあいい。引き留めて悪かった。そっちはそっちで仕事がんばれ。こっちはこっちでやっておく」

「はい。それでは」

雑談を終えて、アレクはペコリと頭をさげる。

クーは、追い払うように手を振って応えた。

○

ロレッタが『花園』制覇を終えて出たら、そこにはアレクがいた。

時刻は昼だ。

制覇するまで、ちょうど丸一日かかったことになる。

セーブポイントの横にはアレクだけがおり、ブランはいない。

一晩寝ずに見張りをしていたはずなので、アレクが帰らせて休ませているのかもしれない。

ロレッタはアレクに近付く。

そして、嬉しさを抑えきれない様子で言った。

「アレクさん、『花園』は制覇したぞ」

「そうですか。おめでとうございます」

リアクションは薄かった。

ロレッタは思い出す。彼にとってダンジョン制覇など珍しくもなんともないのだ。

嘘のような話だが、五十『ぐらい』制覇しているらしい。

ならばたった一つダンジョンを制覇した程度、祝うほどのことでもなんでもないだろう。

……と、ロレッタは思ったのだが。

アレクはたずねる。

「それよりも、指輪は見つかったので？」

「……そうだったな。私の目的は、そちらだった」

制覇という偉業を前に舞い上がってしまったな、とロレッタは反省する。

むしろ他人のはずの彼の方が、よほどしっかり目的を見据えていたようだ。

だからロレッタは、自分の左手を彼へ向けて突き出す。

「今改めて名乗ろう。我が名は、ロレッタ・オルブライト。我がオルブライト公家の家長の証たる指輪はここに。ダンジョンマスターは、花を喰う黒い巨大な鳥だったのだが、そいつが巣にためこんでいたものの中にあったよ」

彼女の人差し指には、太めのリングがはまっていた。

小さな赤い宝石がちりばめられ、薔薇《ばら》のような模様を描き出している。

アレクは言う。

「綺麗な指輪ですね」

「……そうだな。これこそ、我が家の家紋を記した、家長の証だ。……叔父の指には細すぎたようだが、私の指にはちょうどいいようだ」

「はあ、そうなんですね。それはよかった」

「……目標を無事に達成したのだ。もう少し喜んでくれてもいいと思うが」

「まだですよね？　あなたの目的はそれを持っておじさんと直談判《じかだんぱん》し、家督を取り戻すことのはずでは？」

「そうだが……ともあれ、これで私の冒険者生活は終わりというわけだ。あなたに世話になった成果は出した」

「いいえ。あなたが最初に定めた目的のすべてを達成するまで、ウチの宿屋はあなたをサポートしますよ。……また困ったことになったらいらしてください。どうにかできることなら、修行でどうにかできるようになってもらいますから」

「その言葉を聞いて、また世話になりたいと思う修行経験者が何人いるのだ……」

いなさそう。

しかし、彼のお陰で死を恐れず進めるようになったのは事実だ。

その成果を思えば、いつか大きな壁にぶつかった時、また修行をつけてほしいと思う人も、まったくの皆無ではない可能性も否定はできない。

機能的な意味でも――

セーブという不思議な技能によって、死を恐れず済むようになったし。

精神的にも、命を懸《か》けるという事態に対して、耐性がついた。

危機に陥《おちい》っても、うろたえない精神的強度がはぐくまれたように、ロレッタには思えた。

だからロレッタは、アレクに向けて、頭《こうべ》を垂れる。

「本当に世話になった。まさかこれほど早く『花園』制覇が成せるとは思ってもみなかった。本当にあなたのお陰だ。ありがとう」

「すべてロレッタさんの才覚に因《よ》るものですよ。俺は、あなたの力を引き出しただけです」

「引き出したというか、無理にねじって絞り出したという感じだが……ともあれ、あなたの修行なしには、成人前に指輪を取り戻すことは叶《かな》わなかっただろう。これで叔父から家督を取り戻したところで、彼の側も『正式な当主が成人するまで面倒を見た』という大義名分が立つはずだ」

「……あなたの全部をうばったおじさんを、恨《うら》んだりはなさらないので？」

「どうにも私は、人を恨んだり呪ったりするのが、得意ではないらしい」

「……」

「加えて、我が一族は、親類が少なくてな。父が亡くなり、ひと月前に母が亡くなり、もう血のつながった親類は叔父だけだ。……母に暗殺者を仕向けたことが確定するまでは、なるべく穏便に済ませたいと思っている。それに……」

「それに？」

「……仮に、母に暗殺者を仕向けたのが叔父でも、そのことを悔いて罪を償《つぐな》ってくれるのならば私は彼を許そうと思う。母もきっとそうしただろう。……苛烈《かれつ》さが足りないとは思うが、私の飾るところのない本心はそれだ」

「そうですか」

「甘いと笑われるだろうな」

「いえ」

「……まあ、それにだ。実務的な面でも、叔父の力がないと家がつぶれてしまうのは、事実だ。貴族向きの品性ではないものの、商売人としての叔父は一流だからな」

最後のは、それらしい言い訳だった。

もちろん事実ではあるが、細々命脈を保つだけならば、ロレッタの独力でもできる。

そして、彼女に家を大きくする意志はない。

だからけっきょく、家族を殺した相手でも、叔父を憎みきれないだけなのだと、ロレッタは自嘲した。

「ともあれ、指輪を手土産《てみやげ》に叔父をたずねてみようと思う。状況が落ち着いたら手紙を出すから、一度我が家にも来てくれ。できうる限りもてなそう」

「ありがとうございます。では、一度宿に帰られますか？」

「いや……できればすぐに家へ……ああ、先に冒険者ギルドに制覇報告に行かねばならないのだったか」

「それはこちらですませておきますよ」

「そうか？　……この際、『制覇した本人が生きているのに、制覇報告を代理でできるわけがないだろう』という普通の意見は言わないでおこう。あなたならできそうな気がするからな」

「ギルド長と知り合いですしね」

「……最初はもう、酔っ払いでも言うのをためらう与太話だとしか思えなかったが、今となっては真実なのだと思えるよ。あなたならなにができても不思議ではない」

「ようやく信じていただけたようで、なによりです」

「宿代は、制覇報告の賞金から引いておいてくれ。すべて取ってくれてもかまわない」

「いえ。しっかり必要分だけいただいておきますので、あとで取りにいらしてください」

「そうか。……なにからなにまで、感謝する。それでは後日、また」

「はい」

アレクは、去っていくロレッタを見送る。

そして考えた。

あの様子だと『花園』内部にあるという宝にさえ、目もくれていないのだろう。

アレクは代わりに回収して、あとで渡そうと思った。

ダンジョンマスターが巣に宝をためこむ習性がありそうだし、未発見の宝も多いだろう。

それに、きっとまだ、冒険者としてやっていくための金銭は必要になる。

ほとんど予言に近い、経験則からの直感。

アレクはそう考え、セーブポイントを消して、『花園』へと踏み入った。

○

アレクが宿屋『銀の狐亭』に戻ってきたのは、その日の夕方だった。

宝の回収と、ギルドへの報告、そしてギルドから情報をもらうという三つの用事を済ませていたため、遅くなってしまったのだ。

宿屋に入り、一時保管場所として、自分の部屋に袋いっぱいの宝物を置く。

そして妻と奴隷たちがいるはずの食堂に顔を出せば――

カウンター席に、先ほど別れたはずのロレッタが、いた。

どんよりとした雰囲気だ。

なにかを悩んでいるのか、ほおづえをついて、カウンターテーブルを凝視《ぎょうし》していた。

アレクはいつものような足取りで彼女に近付く。

そして、すぐ真後ろから声をかけた。

「ロレッタさん、お帰りなさい」

「おお!?　……アレクさんか。だから気配を消して近付くのはやめろと言ったではないか」

ロレッタはとびのきかけたが、どうにか椅子の上から動かないですんだ。

何度もおどろかされていると耐性がつくらしい。

まさかこれが『精神修行』なのかと、彼女はちょっとだけ考えて、否定する。

こんな生ぬるいものを、きっとアレクは修行などと呼ばないだろう。

アレクはにこにこと柔らかい笑顔を浮かべたまま謝罪する。

「すみません。従業員一同、お客様の邪魔にならないよう、気配を消して――」

「それは知っている。……なんだ、その、私の方があなたをおどろかせてしまうかと思っていたぐらいなのだが、どうにも杞憂《きゆう》だったようだ」

「そうですね。お早いお帰りのようで」

「う、うむ……」

「俺の予想より半日ほど早いです。あなたは常に、俺の予想の半日先を行く方ですねえ」

「……まるで戻ってくること自体は想定していたような口ぶりだな。ああ、賞金を取りに戻ると予想していたということか？」

「いえ。たぶん、おじさんと直談判できずに戻ってくるんじゃないかと思っていましたよ」

「……」

ロレッタは黙り込んだ。

そして、大きくため息をつく。

「……当たりだ。叔父には、指輪だけとられ、門前払いされた」

「今のあなたの腕力でしたら、強引に指輪を守り抜くこともできたと思いますけど」

「呆然《ぼうぜん》としてしまってな。抵抗する気力もなかったよ。……本当に叔父は、私を家族とは思っていないらしい。あるいはそれだけ、私に家督をゆずりたくないのか」

「どうでしょうね」

「……今から、不遜《ふそん》なことを言うかもしれんが、聞いていただけるか？」

「どうぞ」

「貴族の位《くらい》や財産は、そこまで大事なものか？」

「……」

「私には、わからない。金や権力は、家族を殺してまで欲しいものなのだろうか？　私とて家督を取り戻そうと動いていた身だ。偉そうなことは言えないのだろうが……もし叔父を殺さなければ家督も財産も取り戻せないという話ならば、あきらめていたと思う」

「そうですか」

「まさか話しさえしてもらえないとは思わなかったよ。……なんだか、ぼんやりしてしまうな。目指していた目的地が、実は幻だったのだ。目標を見失った。――話し合いによる和解など、最初から私以外、誰も、考えてすらいなかったのだ」

「それで、おじさんを憎みますか？」

「……甘いと笑ってくれ。それでも私は、叔父を憎めない。いや、叔父に限らず、誰かを憎み、その気持ちを原動力とすることは、無理なようだ」

「なぜ？」

「その質問は難しいな。……強《し》いて根拠らしきものを挙げるならば、それは私が、貴族として育てられたからだと思う」

「おじさんも貴族なのでは？」

「それを言われると弱いのだがな。……母の教えでは、貴族とは無私無欲の存在であれということだったのだ。高貴なる者の義務は、民衆を助け導くことにある。権力や財力はすべて民《たみ》に還元するために一時あずかっているにすぎず、貴族は民あってのものだと。……だから、浮き沈みがあれど他者を恨んだり責めたりしてはいけない。それは筋違いだと…… そう教えられてきた」

「なるほど」

「母はまだ、教えとなって、私の中に生きている」

「……」

「だからきっと、私は人を恨めないのだろう。恨めないことが、恨めしい。叔父を憎んで敵視できれば、色々とやりようはあるのだと思うが」

また、深いため息をつく。

アレクは、少し迷うようなそぶりを見せてから、言う。

「……その、明日、またたずねてみては？」

「それでなにか、変わるかな？」

「…………」

「アレクさん？」

「いえ、その。……まあ、変わるか変わらないかまでは、お約束できませんが。無駄にはならないかと思いますよ」

「……そうだな。挑み続ければ、だんだん事態は好転していくものだ。私はあなたの修行で、そのことを学んだ」

「はい」

「……わかった。あなたの言う通り、また明日、叔父をたずねてみる。それですまないのだが……今日も泊めていただけるか？　宿無しでな」

「どうぞ。どうせ予約もない、寂《さび》れた宿屋です。お風呂もそろそろ、沸かしますから」

「ありがたい」

「あとで賞金と宝もお返ししますね。まあ、賞金の方は、調査団が『制覇』を確認するまでは半金しかもらえませんけれど」

「そうだったのか。実際に制覇した者の話を聞くことは希《まれ》だからな。支払いがそのような仕組みだったというのは初めて知った」

「『制覇』のあとにも『掃討《そうとう》』『事後調査』っていう段階がありますからね。まあ、制覇者はだいたい掃討まで済ませてるものですので、実際は事後調査をするだけだと思いますけど」

「私の場合は特に、指輪を探していたからな。……制覇は、捜索の邪魔になるモンスターを湧かないようにするための手段でしかなかった。今思えば、かなり無茶な『手段』だったよ。話に聞いて制覇の難易度を知っていたはずなのに、私はどうにも、自分ならできると根拠もなく思っていたようだ」

「冒険初心者にはよくありますね」

「……あるいは、無意識に、一生を冒険者で終える腹づもりだったのかもな」

ロレッタが笑う。

悲しい微笑みだった。

アレクは、風呂を作るために、その場を離れる。

風呂を作り終えたらやるべきこともあった。

魔法の維持は多少離れていても問題なくできるが——

さて。

ロレッタの屋敷とこの宿とは、どのぐらいの距離があったか。

場合によっては、熱めに沸かしておかねばならないかもしれない。

○

バイロン・オルブライトはがっしりした体格の中年男性だった。

普段好んで身につけるものは深い緑色のローブだ。

派手ではないがセンスのいい、高級な小物を身につけることを好んでいた。

彼は、オルブライトという貴族の家に生まれた。

姉こそいたが、長男ではあった。

通例、貴族とは男子が家長を務めるものだ。

だから彼も、将来は家長となるべく英才教育を受けてきた。

それがなんの間違いか、姉が、家督を継いでしまった。

きっとそこから人生は狂い始めたのだと、彼は思っている。

商才があった。礼儀作法は完璧だった。

剣術にも秀《ひい》でており、お陰で、ダンジョンが発見された際に『調査』を行い、簡単な地図を書く役割も仰《おお》せつかっている。

だというのに姉が、家督を継いだ。

しかも理由が馬鹿げている。

曰《いわ》く――『誰よりも貴族らしいから』だ。

――貴族とは無私無欲の存在であれ。

――高貴なる者の義務は、民衆を助け導くことにある。

――権力や財力はすべて民に還元するため、一時あずかっているにすぎない。

――貴族は民あってのものだ。

馬鹿馬鹿しい。

ご立派な主張だとは思う。

だが、現実というものをまったくわかっていない、お伽噺《とぎばなし》の貴族のような理念。

そんな夢みたいなものに、彼は将来を奪われた。

恨んでも恨みきれない。悔やんでも悔やみきれない。

だから彼は、家督を正式な後継者、すなわち自分がいただこうとした。

『貴族らしい』理念で活動していて零落《れいらく》していく我が家を見ていられなかったのだ。

けれど、姉は拒んだ。

だから殺して。今、その娘も追い落とし――
しかし先日、家長の証たる指輪を落とした。
彼の太く丈夫な指には細すぎたから、首飾りにしていたのがいけなかった。
それ以前に――ダンジョンの『調査』を行う際に、護衛役の冒険者が無能だった。
でも、それももう忘れよう。
指輪はまた戻ってきた。
不安の種は取り払われ、彼の人生は今、絶頂にある。
商《あきな》いを終え、交渉を終え、こなすべき雑務を終え。
最近の楽しみは、報告書を読みながら酒をあおることだった。
琥珀《こはく》色のアルコールの香りを記憶に思い描きながら、彼は自分の寝室へと入り――

窓の枠に腰掛ける、不審な人物を発見した。

獣《けもの》の毛皮でできたマントと、仮面を身につけた男。
仮面を身につけているが、顔はわかる。
その男は面相を隠す気がまったくないらしく、仮面は顔の横にかぶっているのだ。
不気味な意匠《いしょう》の仮面。

動物をモチーフにした、妙に光沢《こうたく》のある、不思議な素材でできたものだ。

あれは、犬か、あるいは、狐だろうか。

男の年齢は、よくわからなかった。

若く見えるが、妙に落ち着いた雰囲気を持っていた。

若者だと言われても、あるいは自分より年上だと言われてもバイロンは納得しそうだった。

――輝きが、目にちらつく。

そいつが身につけた毛皮と面が、夜の光を受けて銀色にきらめいているのだ。

妙に気に障《さわ》ると、バイロンは思った。

その男は部屋にあったのであろう巻物を読んでいた。

まるで主のような振る舞いだ。

実際、部屋の持ち主のような気分でいるのだろう。

その男は、バイロンに気付くと、笑って、こんなことを言う。

「ようやく来ましたね。お待ちしておりました」

客人を迎えるかのような応対。

バイロンの中で、未知の侵入者に対する恐怖より、いらだちが勝る。

「貴様、何者だ」

「どうやらあなたには、暗殺者と思われているらしい者です」

「……？」

バイロンは眉《まゆ》をひそめる。

この男の発言は、なぜか、いちいち気に障る。

大したことも言っていないのに、馬鹿にされているような。

いらだちにまぎれて、叫ぶ。

「衛兵！　衛兵！　侵入者だぞ！　なにをしている！」

「ああ、みなさん寝ておいでですよ」

「……なんだと？」

「あまり大事にするつもりはなかったので、少し眠っていただきました。おそらく半日は目覚めないかと思われます」

「……!?」

バイロンはここに至り、ようやく、事態の危険性を悟る。

侵入者の男が静かすぎたせいで気付くのが遅れてしまった。

あの男は、危ない。

ようやく本能が警鐘《けいしょう》を鳴らす。

この場から一刻も早く立ち去るべきだと、頭より先に体が動き出す。

慌ててきびすを返して、部屋の入り口に向かう。

しかし。

振り返った先に、たった今まで窓枠に腰かけていたはずの男が、すでにいた。

バイロンは窓の方向を振り返る。

そこにはもう誰もいない。

つまり――この男はバイロンが振り返るより速く移動をして立ちふさがったということだ。

ありえない事態に思考が停止する。

男は、柔らかな笑みを浮かべて語った。

「本日はお願いにあがりました。ぶしつけで申し訳ないのですが、あなたが雇ったという『はいいろ』を、ニセモノだときちんと宣言していただけませんか？」

「……は、『はいいろ』？」

「そうです。……いや、俺もね、迷惑をしてるんですよ。噂の一人歩きっていうんですか？　困るんですよね、昔の恥ずかしい黒歴史ノートが、なんかの間違いで公共の電波に乗っちゃったみたいっていうか」

「なにを、なにを言って――」

風でカーテンが揺れる。

雲が動いて、夜の光が、陰った。

――はいいろ。


夜の光で銀色に輝いていたマントと仮面が、光沢を失い、灰色に見える。

バイロンは気付いた。

「まさか貴様、本物の……!?」

「はい。昔、『はいいろ』と名乗っていた者です」

「伝説の、暗殺者!?」

「違います。『はいいろ』は暗殺者じゃありません」

男はどこまでも柔らかく笑う。

その笑顔から、バイロンはとてつもない恐怖を感じた。

喉《のど》がひきつる。

男は――本物の『はいいろ』は、語る。

「勘違《かんちが》いされがちなんですが、『はいいろ』としての活動で人を殺したままにしたことは、一度だってありませんよ。人を殺したら犯罪ですからね。悪いことは、しちゃいけません」

壊れている。

この男は、見た目こそ人だが、どこかが壊れていると、バイロンは感じた。

「だいたい、殺すのは非合理ですよ。殺人でなにが変わるんですか？　たとえば悪人を殺したってまた別の悪人が同じ悪事をするだけですし、権力者を殺したってまた別の権力者が同じことをするだけです。非合理的ですよね。問題をリセットしてまた同じ問題を起こすだなんて」

男は、バイロンにはない視点から物事を語っているようだった。

俯瞰《ふかん》している、というか。

他人事《ひとごと》、というか。

——まるで物語の評価でもするかのように。

バイロンにとっての現実を、語っている。

「だから俺は殺して終わらせません。悪人に変わっていただく活動をしていました」

男が右手を横にかざす。

バイロンはなにかをされると思い、反射的に目を閉じた。

しかし、なにも起こらない。

目を開ける。

すると——見慣れない物体があった。

ふわふわと浮く、ぼんやり光る球体。

不思議なそれを、男はこのように呼ぶ。

「セーブポイントを出しました。さあ、これに向けて『セーブする』と宣言してください」

なんの話だかわからない。

バイロンは黙ったまま球体を見る。

男は唐突にバイロンの手をとった。

「人間の指は、手に十本、足に十本あり、それぞれ、人体の中ではもっとも鋭敏な部位です。つまり、指が折れると、肋骨《ろっこつ》など他の骨が折れるより痛く感じるとされています」


ベキン。


軽い音を立てて、バイロンの右手小指が折れる。

「……ッ!?　がああああ!?　あだ、な、なな、なに……!?」

バイロンは、目を見開いて、へたりこむ。

男は笑っていた。

「『セーブする』と宣言してください。次は、薬指ですね」

「セーブするッ!　セーブ、するッ!」

バイロンは慌てて叫ぶ。

男は、満足そうにうなずいた。

「ご協力ありがとうございます。では、これからが本番なのですが。……悪い人に反省を促《うなが》すために、どうしたらいいか、俺は考えました。俺以前の『はいいろ』が長く請《う》け負《お》ってきた暗殺稼業《かぎょう》を終わらせようとしたわけですね」

「……ッ、ぐう……」

バイロンは脂汗《あぶらあせ》を垂らしながら、痛みにうめいている。

男は気にした様子もなく、続ける。

「そこで、俺は、俺にできることを考えました。殺人ではなにも変わらない。けれど、仕事は殺人だ。食べていくためには人殺しをしないといけない。でも、殺人はしたくない。では、クライアントの目的はなんだろう？」

一人語りは続く。

彼のつむぐ言葉は、ある種の儀式めいた雰囲気を兼ね備えていた。

「そうだ、殺す対象が、元の性格や考え方のままでなくなることが望みだ」

笑顔。

バイロンは、へたりこんで、理解できないものへ向ける視線を注ぐしかない。

彼は言う。


「では、暗殺対象の性格を矯正《きょうせい》しよう」

毛皮のマントの下から、ナイフを取り出す。

身幅の厚い、切れ味の悪そうなナイフ。

短剣状の金属のカタマリ。

「俺はそう考えたわけですね。だから今日も、あなたがすべての罪を認めてくれるまで、反省を促し続けます。――二度と『はいいろ』を騙《かた》らないように、念入りに、矯正をします」

「助け……助け、たす、助けて」

「大丈夫です。死にませんよ。死んだって、復活します。セーブしていただきましたからね。あなたの命は保障しますよ。ですから、反省して、末永く生きてください」

「助けて、ください……！　助けて！」

「もし後日、反省が薄れた場合は、またうかがいます。――陽光が白く輝く昼も、黒い闇が深まる夜も、いつだって俺はあなたを見ていますよ。なにせ『はいいろ』ですから。昼も夜も、俺には関係がありません」

「いやだ……いやだいやだ……」

「では、いきますね」

彼は笑う。

そして、ナイフを無意味なぐらいに大きく振りかぶり――

○

朝起きて。
ロレッタは、アレクの言う通り、もう一度屋敷に帰ってみようと思った。
本当は、ずっとどうしようか悩んでいた。
にべもなく拒絶をされたせいで、傷ついてもいた。
引きこもりたいぐらいだった。
けれど、彼女は決意した。
——あきらめない。
あきらめなければ不可能なことでも叶《かな》うのだということは、修行で理解していたのだ。
だからロレッタは、その決意を、アレクに宣言しておこうと思った。

宿屋『銀の狐亭』一階、の食堂。
そこには朝早くから、宿泊客と奴隷の双子、それに経営者夫妻がいた。
アレクはやはり、大きなフライパンで豆を炒っている。
地道な作業だ。

事情を知らない者が見たら、きっと、宿で出す食事の下ごしらえだと思うだろう。

まさか人を窒息死《ちっそくし》させるために豆を炒っているだなんて想像もつかないほど、真面目な作業風景だった。

「ロレッタさん？　席に着かないので？」

ぼんやりしていたら、アレクに言われてしまった。

豆を炒っている風景を見て、少し意識が飛びかけていたとは言えない。

ロレッタはカウンター席に着く。

それからアレクに言った。

「……今日、屋敷にもう一度帰ってみようと思っている」

「はあ」

「………相変わらず反応が悪いな、あなたは」

「いえ、その結論は、昨日すでに出していたのでは？」

「口ではたしかに言ったが、まだ決意はできていなかった……だが、改めて決意をしたのだ。朝食をいただいたら、屋敷に帰ろうと思う。なので気合いが入る料理をお願いする」

「豆のスープなどいかがですか？」

「それ以外で頼む」

「豆の……」

「豆以外で頼む」

「わかりました。チーズオムレツでもご用意しますね」

アレクは困ったように笑う。

ロレッタはため息をついて——笑う。

「……いったい何日ほどかかるかな。叔父と話をするまでに」

「今日あたり大丈夫なんじゃないですか。おじさんも、あなたにしてしまった仕打ちを深く悔いていると思いますよ」

「……そういう性格の叔父ではないはずだが」

「ご心配なら、お守りを差し上げましょう」

そう言って、アレクは厨房《ちゆうぼう》の奥に引っ込む。

ほどなく、なにかを持って戻ってきた。

ロレッタはたずねる。

「それは？」

「俺のいた世界……っていうか、国の民芸品ですかね。狐のお面です。縁日とかで売ってるプラスチックの安物じゃなくて、けっこういいものですけど」

「話が相変わらず半分以上よくわからんが、いいのか？」

「はい。たくさんありますから。なんていうか——この宿の会員証みたいなものですし」

「そういうことなら、いただこう」

ロレッタは狐面を受け取る。

意外と重い。

不思議な染料で彩られたその仮面には、不気味さと荘厳《そうごん》さが感じられた。

これならば、魔除《まよ》けになってくれるだろう。

ロレッタは視線をアレクに戻す。

そして。

「なにからなにまで、世話になるな。本当にありがたい」

「どうしました、突然」

「いや、前々から思っていたのだ。ふらりと現れた私に対し、手厚い歓迎と手厚すぎる修行の数々……いくら冒険初心者育成を目標にしているとはいえ、あなたの滅私奉公《めっしほうこう》には頭が下がるばかりだ」

「まあ、その、なんと申し上げますか。……ロレッタさんは見てられない感じがありましたので。放っておけないというか。昔の自分を思い出すというか。ようするにビギナーでヌーブな雰囲気がビシビシ伝わってきて」

「……放っておけないなどと、あなたに言われるとはな」

「どういうことです?」

「いや、あなたの細君《さいくん》が、あなたと結婚した理由と同じだろう？　人から放っておけないと思われるあなたに放っておけないと思われる私は、どれほど放っておけない雰囲気だったのかと気分が暗くなったのだ」

「ははは」

笑った。

たぶん誤魔化されているなとロレッタは思った。

「……そういえば、細君はあなたとの結婚理由を『放っておけないからだ』と語ったが、あなたの方はどのような理由で彼女を妻にしたのだ？」

「女の子はどの世界でも恋愛話が好きですねえ」

「……恋愛に対する興味もないではないが、純粋に、あなたという人に対する興味の方が大きいぞ。あなたはつくづく意味不明だからな」

「素直だし、嘘をつけないし、そこまで意味不明な人かなあ、俺って……」

心外な様子だった。

でも、ロレッタから見れば、嘘をつけないのにどうしてここまでというぐらいに意味不明な人物であることに同情の余地はない。

なので、取り合わずに話を進める。

「それでどのような理由だ？　まさか押し切られたから流されただけということはあるまい」

「いや、実際、流された部分はけっこうありますけど」

「あなたのような流されない人が、人並に流されたなどとあるわけがなかろう」

「俺はこれでけっこう流される人ですけど……まあ、そうですね……あと理由があるとすれば俺はあいつに逆らえないってことかな」

「どういうことだ？」

「あいつの両親殺したの、俺なんですよ」

なんでもない調子でアレクは、そんなことを言った。

ロレッタはしばし全行動を停止する。

しかし。

「……冗談だろう？」

「ははは。あんまり人の夫婦のなれそめを聞きたがるものではありませんよ」

たしなめるような口調だった。

なるほど、今のは不躾《ぶしつけ》な質問だったのか、とロレッタは受け止める。

そして、改めて。

「……朝から色々と、すまないな。お陰で緊張が和《やわ》らいだ」

「そうですか？　よくわかりませんけど、俺でお力になれたのなら幸いです」

「うむ……また戻ってくるかもしれん。けれど何度会ってもらえずとも、明日も、明後日も、あきらめず屋敷に通い続ける。だからどうか、明日からもまた、よろしく頼む」

「いえ、今日で終わりだと思いますよ」

「……そうなるといいのだがな。お守り、ありがたくいただく。朝食もありがたくいただこう。もし本当に屋敷に戻れることになれば、しばらくここの食事はいただけないからな」

「はい。たくさん召し上がってください」

料理が運ばれてくる。

温かな食事。

厨房で笑う夫婦。

仲のよい双子。

ロレッタは家族を思い出した。

それは、彼女にとって、すでになくなったはずのもの。

でも、ここにはまだ、家族という空気があって。

それが楽しくて。

少しだけ、失ったものを思い出して、悲しくも、なった。

○

夕刻。

ロレッタは戻らなかった。

きっと無事に色々な問題を解決して、新しい貴族の当主としてがんばっているのだろうとアレクは思う。

食堂には珍しく誰もいない。

夕刻の光が差しこみ、辺り一面が茜《あかね》色に染まっていた。

アレクはテーブル席で巻物を読んでいる。

バイロン・オルブライトがくれた『はいいろ』に関する資料だ。

凄腕の暗殺者だとか。

実は三つ子だとか。

百年前から活動しているだとか。

誇張されまくった噂が、恥ずかしいぐらいの量、並んでいた。

見ているアレクが赤面しそうだ。

「……真実を隠すなら嘘の中とはいえ、これはあまりにも嘘がきつすぎる」

『はいいろ』に関する情報をまとめた巻物を、そのように総括《そうかつ》する。

……が、ちらほら事実に近い話もあったのは確かだ。

さっさと潰《つい》えさせないといつまでも黒歴史を読み上げられそうだと、アレクは思った。

巻物をたたんで立ち上がる。

もうすぐ風呂の時間だった。

風呂の支度はアレクの仕事だ。

ヨミにもできないわけではないが、彼女は料理を主に担当してくれている。

夫婦で均等な仕事量を。それが、この宿を始める時に交わした誓いだった。

でも、その前に。

誰もいない食堂を見ていて、ロレッタが初めて来た日のことを思い出した。

彼女は、冒険者として最初に目指した目標を達成し、卒業した。

いいことだ。

悪いことのはずがない。

けれど、この宿屋から冒険者が巣立っていくのを、寂しいと思う気持ちもあった。

どうしようもない時間の流れを感じる。

小さな子供が、旅の中で次第に大きくなり、ついには隣に並ぶ女性になったように。

赤ん坊のままひどい主に売られようとしていた双子の奴隷を、自分たちのもとで育てていたら、いつのまにか仕事の手伝いができるぐらいに成長したように。

今が悪いわけではないが。

不可逆の過去を思うと、どうしようもなく胸が締め付けられるような気持ちになる。

歳かな、とアレクは笑う。

そして今度こそ風呂の支度をするべく、中庭に足を向け——

コンコン、と宿屋の扉がノックされる音を聞いた。

らしくもない物思いにふけっていたせいだろう。気配の察知が遅れた。

アレクはやや慌てて身だしなみをチェックし、宿屋のドアを開ける。

するとと、そこにはロレッタがいた。

「……おかえり、なさい。どうされました？」

アレクはおどろきを隠せなかった。

ロレッタは恥ずかしそうに笑う。

「申し上げにくいのだが、実はだな、叔父が、あらいざらい、罪の告白をしたのだ」

「はあ、それはいいことなのでは」

「そのせいで国の調査団が屋敷に入り、色々と調査をしている。しばらくは家にいることができないほどの、厳しい査察《ささつ》のようだ」

「……おじさんは、ずいぶん色々、悪いことをなさっていたようですね」

「そうだな。親族として汗顔《かんがん》の至りだ。……というわけで、今夜、眠る場所がない」

「……」

「それから、やはり、あの風呂が忘れられん」

「……」

「というわけなので、どうだろう、もう少しだけ、泊めていただけるかな？」

ロレッタは困ったような笑顔を浮かべた。

笑うしかない、という様子だ。

アレクもまた、笑う。

宿泊客が来たのだ。

宿屋の亭主として、歓迎しないわけがない。


「ご利用ありがとうございます。『銀の狐亭』へようこそ」


迎え入れる。

時間の流れは戻らない。

冒険初心者が修行をして、初心者を卒業するのは、いいことだ。

でも――たまには出戻りもいいものだと。

アレクはロレッタを部屋に案内しながら、思った。

『狐』と呼ばれる凶悪な犯罪者がいるらしい。

憲兵大隊長の家で育った孤児、モリーンは、育ての親の役に立とうと『狐』を探し街をさまよっていた。

そこで見つけた『銀の狐亭』という怪しい宿屋。

調べてみる価値ありと入ったその場所で、
モリーンは恐ろしい人物と知り合うことになる。

「ようこそ『銀の狐亭』へ。俺は主人のアレクサンダーです。

アレクでもアレックスでも、お好きなように呼んでください」

この人物が『狐』なのではないかと疑いをもったモリーンは、
彼のもちかける『修行』を受けてみることにした。

なにがあっても耐えてみせる。きっと、強くなり、『狐』の尻尾もつかんで、
育ての親・アンロージーの家に帰ってみせる。

そう誓って、彼の課す修行に挑むのだが……。

二章

モリーンの『屋敷』侵入

手記より。


——調査一日目。

『銀の狐亭《きつねてい》』という、目標のアジトへ潜入する日が訪れた。

宿屋に偽装《ぎそう》してはいるが、盗賊団がアジトを偽装するのは自然なことだ。

なかなか尻尾を出さない『狐』の尻尾をつかむため、潜入調査を行うこととする。

『狐』というのは、個人なのか、集団なのかさえわかっていないほど正体不明の大悪党だ。

当然、危険な任務になる。

生きて帰れないかもしれない。

けれど、『狐』の悪事に苦しむ人々をこれ以上出さないためにも、やらなければならない。

だからもし、わたくしが志半《こころざしなか》ばで倒れた時のため、この手記を残す。

どうか、わたくしの死後、この手記を発見した方がいらしたら、憲兵団《けんぺいだん》の第二大隊長である
アンロージー様に、この手記を渡してほしい。

手記の筆者、モリーンから切にお願い申し上げる。


——調査二日目。

宿屋への侵入は成功した。

客だと言ったらあっさりと宿泊が可能だった。
値段も良心的で、裏でとんでもない凶悪犯罪を繰り返す盗賊団のアジトには思えない。
しかし、騙《だま》されてはならない。
裏で凶悪なことをしているからこそ、表の顔は品行方正なのだ。
まだ調査は始まったばかりだ。
しばらくはなにもない日が続くかもしれない。
けれど、根気強く気付いたことを書き留めていきたい。

——調査三日目。
わたくしは、もう駄目かもしれない。
裏でどのような凶悪犯罪を行っているにせよ……。
にこやかな夫妻の経営する健全な宿屋だと、思っていた。
甘かった。
ここは、人を堕落《だらく》させる禁断の園《その》だ。
まず、ベッドの寝心地がよすぎる。
次に風呂がおかしい。
大きな土壁に、お湯をたっぷりためて、つかる。

こんな貴族様のようなお風呂を、まさか場末の宿屋で味わえるとは思わなかった。
しかも、食事が美味《おい》しい。
王都でもこの宿屋でのみ食べられる『ショウユラーメン』という料理が特に絶品だ。
独特な風味のあるちぢれたパスタに、スープをからめて食べる。
具材として大きくカットされた肉が使用されており、この肉が特にすごい。
大きいのに口の中でとろけるような柔らかさ。
噛むたびにあふれ出すスープがとてもジューシィな味わいだ。
この宿屋はなにかがおかしい。
食事もサービスもすごすぎる。
わたくしは調査を重ね、この宿屋のサービスの謎に迫ることにした。
きっと、『狐』につながる情報に違いない。

——調査四日目。
調査を続けていて、店主が深夜、毎日のようにどこかに消えていることに気付いた。
自室にいる風でもない。
表に出ているのだろうか？
もちろん、宿屋の店主だからといって、夜に外出してはいけない決まりはない。

しかし、あのなにを考えているかわからない店主だ。

きっと秘密の外出に違いない。

おそらく、食事に使用している未知の食材を仕入れる裏市場があるのだ。

わたくしも、あの『チャーシュー』とかいう肉の秘密を知るため、追跡しようと思う。


四日目、追記。

この夜は、店主を見つけることが叶《かな》わなかった。

店主が扉を出たあとしばらく間をおいて追いかけたが、見つけられなかったのだ。

このあたりは裏路地で、道が入り組んでいるため、見失ってしまったのだろう。

またチャンスは訪れるはずだ。

今度は事前にたどりそうなルートを調査してから臨《のぞ》みたい。


――調査五日目。

この宿屋では新人冒険者の育成という名目で、修行を行っているようだった。

わたくしも、店主の行動パターンを観察するため、彼の修行を受けてみることとする。

なんでも、『銀の狐亭』は新人冒険者育成に力を入れているらしい。

ひょっとしたらそのような名目で、新しい盗賊団メンバーを探しているのかもしれない。

チャーシューの仕入れ先も気になるが、『狐』の全貌《ぜんぼう》に直接つながる調査も大事だ。

ここの修行を受けた者が、みな、一様に内容を語らないのも気になる。

ただ、きつい訓練だという話だけは、耳に届いた。

しかしわたくしは、ある程度の軍事訓練は受けている身だ。

こう言っては悪いが、新米冒険者とは鍛え方が違う。

修行を終えたあと、またその内容について記そうと思う。

ともすれば、盗賊団につながる決定的な証拠をつかめるかもしれない。


五日目、追記。

わたくしはあの壮絶な修行を語る言葉をもたない。

思い出したくもない、壮絶な、あの、どう言ったところで他者に伝えることは不可能な、修行と呼んではいけないなにかを、わたくしはそれでも、なにかの重大な証拠になるかと思い、たどたどしくも記してみようと思う。

こうして懸命《けんめい》に思い返している今、手が震えて、文字がうまく記せない。

死とは、なんなのか？

わたくしは今、本当に生きているのか？

あの時の苦しみが、とてつもない現実感を伴《ともな》い、今も、この胸に、深く、深く残っている。

修行の内容は
豆
（筆跡の震えが増し、後の文字は判別できない）

――調査六日目。

当たり前のように、今日も修行を受けることにされてしまった。

ひょっとしたら店主はわたくしの正体に気付いていて拷問《ごうもん》をしかけているのかもしれない。

だから、これ以降の手記は、遺書のようなものだと思ってほしい。

わたくしは、なにがあろうとも、自身が受けた密命を吐くことはないし、この手記も、宿屋の従業員に見つからないよう、厳重に隠し、保管している。

だからここに、わたくしの秘めた思いを記しておきたい。

わたくしは、孤児だったわたくしを拾い、育ててくださったアンロージー様に大変な恩義を感じている。

彼女とは人種も違うが、彼女は差別を受けがちな魔族であるわたくしを育ててくださった。

他にも、行き場のない人間以外の種族を、あの方は受け入れてくださっている。

あの方のもとから卒業していったきょうだいたちは、その後も、よく活躍しているらしい。

大恩あるアンロージー様。

その方の密命なのだ。

わたくしは死をも恐れない。

だから、わたくしは、秘めた思いをここに記しておく。

アンロージー様。

あなたのことを、実の母のように思っておりました。

どうかわたくしが先立ったあと、この手記が『狐』逮捕の要因の一つとなれたなら、無上の喜びです。

どうかわたくし亡きあとも、同じ境遇、同じ環境で育った妹分たちを、お願いいたします。

彼女たちは、わたくしより才能も将来もあるはずです。

どうかどうか、彼女たちの明るい未来を、重ねてお願いいたします。

でも、修行を受けてから、思うのです。

死とは、なんなのか？

本当に死んだら人はおしまいなのか？

どうやらもう、わたくしは、冷静にものを語ることができないようです。

だんだんと、精神が、前のままでいられなくなってきているのを、感じます。

わたくしがわたくしでなくなる前に……

どうにか『狐』の潰滅《かいめつ》につながる情報を摑《つか》み、親愛なるアンロージー様にお伝えしたいと、切に願います。

――調査七日目。

素晴らしい扉が開けました。なにも恐れることはなかったのです。わたくしが知ったのは人の可能性でした。恐れを取り除くだけで人は何倍も強くなることができます。不可能と思っていたことは不可能ではなかったのです。思えば子供のころは、なんでもないつもりで木から木、屋根から屋根へ飛び移るという荒行《あらぎょう》をやっていました。今は任務でもなければやらなくなりました。身体能力は上がっているのにです。ではなぜ、人は大人になり身体能力が上がると行動範囲が狭まるのか？　それは恐れがあるからでした。ケガ程度のことを怖がるからです。死ぬ程度のことを忌避《きひ》するからです。世間体《せけんてい》、見栄《みえ》、精神的な枷《かせ》があるからです。ですが生きることは生き抜くことなのです。恐れにより可能性を狭めてしまうのはもったいないことなのです。わたくしは気付きました。今のわたくしには、世界が以前より広く見えます。なんと素晴らしき啓蒙《けいもう》をうけたのでしょう。彼は素晴らしいお方です。最初は恐れておりましたが、今や、わたくしは彼に深く感謝し、尊敬をしております。父も同然に慕《した》っております。いえ、彼はわたくしを生まれ変わらせてくれました。父も同然ではなく、まさに父なのです。尊《とうと》き父。畏敬《いけい》すべき父。彼は正しきお方でした。悪事など働いては、いなかったのです。いえ、彼の為すことすべては、正義なのです。こうして彼を崇《あが》め奉《たてまつ》るため、これを記しているあいだ、わたくしは涙が止まりません。こうしていても彼の素晴らしさを思い出し手が震えます。全身が震えます。震えて、震えて、止まりません。
(こわい、たすけて　という震えた文字が、端の方に、小さく記されている)

――調査八日目。
今日はなにもない、素晴らしい一日でした。

――調査九日目。
快適なベッドで眠って、快適なベッドで起きます。
大きな鏡で、身だしなみを整えます。
きっと、王都の誰も食べたことのないような、不思議で、美味しいご飯を食べます。
夕方には、大きなお風呂で、全身をお湯につけることができます。
また、気持ちのいいベッドで眠ります。
幸せです。

――調査十日目。
なにか大事なことを忘れている気がして、手記を読み返しました。

するとおそろしいことがわかります。

どうやら、わたくしは、この宿に、アレク様の秘密を暴くため潜入していたようなのです。

ありえません。

知らなかったとはいえ、なんという愚かしく、恐れ知らずなことを考えていたのでしょう。

なので、この手記はアレク様に提出することにしました。

優しいお方なので、きっと、過去のわたくしが思っていた愚かしい考えも、許してくださることでしょう。

許してください。

お願いします。

どうかこの手記を見たアレク様が、万が一にもお怒りになられませんよう、願いをこめて。

◯

夜。

宿屋、従業員の寝室。

大きなベッドが真ん中に置かれた、やや粗末な部屋で、アレクはモリーンから受け取った手記を読んでいた。

その目の前にはモリーンがいる。

長い髪を頭の後ろで縛《しば》った少女だ。

まずは真っ白い髪が目を惹《ひ》く。

次いで注目したくなるのは、それ以上に白い肌だ。

比喩《ひゆ》でもなんでもない、純白。

整いすぎた顔立ちと、左右で色の違う瞳も相まって、その容姿には幻想的な趣《おもむき》さえある。

長いマントにワンピースという、平均よりもややファッション性に欠けた旅装でさえなければ、精霊か天使かと思うような美女。

その彼女は神に仕える巫女《みこ》のように、アレクの正面に片膝《かたひざ》をつき、頭《こうべ》を垂れていた。

ぱたん、と軽い音。

アレクが手記を閉じたのだ。

モリーンは顔を上げる。

そして、乞《こ》う。

「アレク様、どうか、過去のわたくしがしようとしていた愚かな行為をお許しください」

「勝手に宿の枕を裂いて中になにか入れてると思ったら、こんな物をしまってたんですね」

あきれた声。

モリーンは身を固くした。

「お許しください。どうぞ、どうぞ、寛大なるお心で……」

「どのようなものを記していても、それはお客様の自由ですし、たとえ備品の枕を勝手に破かれていても、お部屋の掃除の際にお取り替えするだけですからいいんですが。もちろん、故意に宿のものを壊さないよう、注意とお願いはしますけれど」

「許してくださるのですか?」

「ええ、まあ、はい」

「なんたる深いお慈悲……わたくし、先ほどより震えが止まりませんわ」

「そうですね、チワワもかくやというぐらいにプルプルしてますね……」

「ちわわ?」

「白い毛並みの犬のことです。俺の世界にいました」

「なるほど。白い毛並みで、犬のように従順、そして震えている。つまりわたくしのことですわね」

「いや、比喩じゃなくて、犬の話をしているんですが」

「わかりました。これからわたくしは、あなた様の託宣《たくせん》に従い、チワワと名乗ります」

「名乗らなくていいです」

「どうかアレク様、チワワめの愚かな行いをお許しください」

モリーンは深く頭を下げた。

なので、アレクの心底困り果てた顔は見えていない。

「……とにかく、備品を勝手に改造しないでください。あと、この宿は一応、冒険者を専門に受け入れていますので、ダンジョン攻略が目的でなく行く当てがあるならお帰りください」

「あ、いえ、その、冒険者なのは、本当です」

「どういうことですか？　密命を受けて俺の調査に来たみたいな感じなのでは？　手記にもたしかに、アンロージーさんという方の密命を受けていると書いてありますが……」

「……実は、密命は受けていないのです」

「どういうことで？」

「密命は受けていないのですが、きっと密命のようなものを言外に授けられたに違いないと信じたい思いがあったと申し上げますか……」

「つまり？」

「今まで暮らしていたお屋敷から、主であるアンロージー様に、追い出されまして」

「……」

「ダンジョンの一つも制覇するまで帰ってくるなと」

「……はあ」

「最初はわたくしを密偵《みってい》の仕事につけてくださっていたのですが、その、あまり出来がよろしくなくてですね……さすがにもう仕事は任せられないと、追い出されまして」

「なるほど」

「わたくしの不明が招いたことですので、追い出されるのはやむなしと思っております。けれど、アンロージー様のお屋敷には、妹分となる亜人《あじん》もたくさんいますので、彼女らにまた会いたく、せめて自由に屋敷に戻れるようになりたいと……」

「亜人、ですか？」

「……はい、亜人ですが……わたくしのような、人間以外の種族を亜人と言いますよね？」

「言わないわけではないんですが……ちょっと差別的な表現のような」

「アンロージー様はそのようにおっしゃっておりましたが」

「……まあ、いいです。それで？」

「はい……ダンジョン制覇とか、何年かかるかわからないでしょう？　ですから手っ取り早く手柄《てがら》を挙げて、アンロージー様のおうちに帰りたいと、そう思って、『狐』を探そうと……」

ダンジョン制覇は難しい。

ひとかどの冒険者になるのに五年。

その『ひとかどの冒険者』の中でも、ダンジョン制覇ができる者は、一握りだ。

モリーンはチワワのような目でアレクを見上げる。

彼は笑った。

「よろしい。事情はわかりました。つまり、ダンジョンを一つでも制覇すれば帰っていいという話なのですね？」

「それは……」

「違うんですか？」

「………いえ。違うはずが、ありませんわ。アンロージー様はきっと、ダンジョンを制覇さえすれば、またわたくしを家に迎えてくれるはずです」

うつむく。

モリーンにはなにか、思うところがあるようだった。

しかしアレクは話を続ける。

いつものように、笑ったまま。

「でしたら、明日からも修行を続けましょう。大丈夫、ダンジョン制覇なんて、うちで修行すればすぐですよ」

「あああありがとうございざざざざいいいまままままままま」

「どうしました？　震えているようですが……」

「ななななんでもありませんわ！　これは、これは、嬉しくて嬉しくて、震えているのです」

「そうなんですか？　いやあ、数々のお客様に修行をつけてきましたが、ここまで喜ばれたのは初めてですよ。よし、気合い入れますね」

「嬉しいですわ！　嬉しいですわ！」

モリーンは泣いた。

笑おうとしているのに、頬がこわばって、涙があふれてくる。

アレクは、やっぱり笑っていた。

「耐久力とＨＰ《ヒットポイント》は上げたので、明日からは攻撃力を上げましょうね」

「楽しみで仕方ありませんわ！　楽しみすぎて、なんだか、吐き気がしてまいりました！」

「はしゃぎすぎて吐くというのも犬みたいな……いえ、お客様に失礼でしたね」

「失礼なんてそんな！　アレク様が犬になれとおっしゃるならば、わたくし、喜んで犬になりますわ！　わんわん！」

「いえ、そんなことで喜ばれても、ドン引きなんですが……」

「今から、明日のことを思うと、涙と震えが止まりませんわ！」

「そこまで楽しみなんですか？　水分補給はしてくださいね。涙で脱水症状というのも、ありえそうな泣きっぷりですから……」

「慈悲深きお言葉、ありがとうございます！」

モリーンは頭《こうべ》を垂れる。

アレクは苦笑した。

「では、明日やる修行の内容ですが……」

「聞きたくありませんわ……」

「そうですか？　じゃあ、現地に着いてからのお楽しみにします？」

「ああっ！　違うのですわ！　お聞かせくださいまし！　聞いた方がまだ怖く……いえ！　楽しみが増しますので！」

「そこまで力強く楽しみにされると、こっちもやりがいがあるなあ……最近来たお客さんは、まるで拷問みたいに俺の修行のこと語ってたから……」

「そのお客様は正しいですわ」

「なにか？　……あ、そういえば手記にも拷問とかあったような……」

「なんでもございません！　見間違えですわ！」

「そうですか？　えー、では、明日の修行ですが……あなたは魔術師のようですから、魔力を上げます」

「……魔術師？　わたくしが、ですか？」

モリーンは自分を見下ろす。

森に溶け込み、獲物《えもの》を待つためのマント姿。

……今この場にはないが、部屋には弓が置いてある。

物心ついた時にはすでに弓師として育てられていたのだ。

だから首をかしげたのだが。

アレクの方も、首をかしげていた。

「そうですよ？　ステータスを見るに、どう見たって魔術系です。もともとの素早さと腕力がとても低いですし、耐久力とＨＰの伸びの悪さから見ても、後方で魔術を放つ魔術師が向いています」

「……弓師ではなく？　物心ついた時からずっと、弓を持たされていたのですが」

「あなたは弓師には一番向いてないと思いますけど……」

「え、そんなに向いていませんの？」

「あなたの才能ですと、たぶん、そのへんの子供の方がうまく射ることができるんじゃないですか？　血のにじむような修行をして、ようやく止まった目標の半径一メートル圏内にギリギリ矢が届くぐらいではないでしょうか？　だってＤＥＸの低さ、やばいですよ」

「なにやらわたくし、混乱してまいりましたわ」

「とにかく、そうですね。そっちで大成したいなら、そのように計らいますけど……たぶん、他の方よりだいぶ辛《つら》い修行になると思い――」

「そう、わたくしは魔術師なのです！　物心ついた時から、ずっと弓師に偽装しておりましたが実は魔術師だったのです！　よくぞ見破られましたね！　さすがですわ！」

　モリーンは拍手をする。

　アレクは首をかしげた。

「えっと、とにかく、魔術師の修行をつけていいんですか？」

「アレク様のお望みのままに！」

「ああ、お任《まか》せいただけるんですね。ありがとうございます。では、明日の修行ですが、まずは楽なものから始めましょうか。お客様は一つも呪文を習得していないようですし」

「……どうしてそんなことがわかるのですか」

「えっ？　特技欄を閲覧《えつらん》しただけですが」

「特技欄？」

「……ああ、はい。いえ、なんでもないです。とにかく、わかります。では、明日は初級から中級までの呪文を一気に覚えちゃいましょう」

「あの、わたくし、それほど記憶力がよろしくないのですが」

「大丈夫です。体に教えますから」

「はい？」

「俺が魔法を撃ちますので、相性のいい魔法を唱えていただいて打ち消してもらうんですよ」

「……相性のいい魔法で、魔法を打ち消す？」

「属性という概念《がいねん》も明日ご説明させていただきますが……大丈夫です。俺は手加減が苦手ですけど、魔力の調整だけは得意なんです。昔、妻に魔法を教えるために努力しましたから」

「は、はあ……」

「だから、きちんと相性のいい属性の魔法を唱えれば打ち消せるギリギリの強さで、あなたに魔法攻撃をします。それをあなたは打ち消すのです」

「あの、ちょっとわたくし、混乱しているのですが……もし打ち消すことに失敗したら、どうなるのでしょうか？」

「死にますね」

アレクは笑顔のまま、なんでもなさそうに言った。

モリーンは体の震えが止まるのを感じる。

本気で恐怖を覚えると、震えることさえ、体が拒否する。

腹の底が氷のように冷たくなっていく。

ひきつった喉《のど》で、モリーンはどうにか声を絞り出す。

「し、し、死にたく、な、ない、です」

「あはは。やだなあ、今さらそんな、冗談みたいなこと、言わないでくださいよ。ほら、絶壁から飛び降りる修行を思い出してください。あなたは死を乗り越えたはずです。それに――」

笑う。

彼は、あくまでも、柔らかな雰囲気で、微笑みを浮かべ続ける。

「――死んだってロードしたらいいでしょう？」

それが当然とばかりに。

彼は、あっけらかんと口にした。

○

翌朝。

修行のために『現地』へ向かった。

そこは、元ダンジョンだったとおぼしき洞窟だった。

エメラルド色にきらめく岩壁。

明かりもないのに、内部はぼんやりと明るく、視界に困ることはない。

「ここはかつて、俺が制覇したダンジョンの一つで、魔力を吸収する岩でできています」

アレクは語る。

『昔、俺が制覇したダンジョン』まではいいとして、『の一つで』とはどういうことなのか。

一生のうちに二つも三つもダンジョンを制覇できる人類など、存在するのだろうか。

モリーンにはもう、常識がわからなくなりつつあった。

二人は美しい広間に、向かい合って立っていた。

洞窟の内部にぽっかりとできた、どこか人工的な広さの、ドーム状の場所だ。

モリーンは周囲の美しさに目を奪われる。

あるいは、現実逃避する。

だが――逃げてばかりもいられない。

修行はもう、始まりそうなのだ。

しかしモリーンは、一応、言ってみる。

「あの、わたくし、お腹《なか》が痛いかもしれないので、今日の修行はお休みにいたしません？」

「おや体調不良ですか。仕方ありませんね」

「えっ!?　お休みになりますの!?」

「いえ、一回死んでおきましょう。体調も回復しますよ」

「元気ぃ！　わたくし、超元気ですわ！」

お薬用意しますね、みたいに『死ね』と言われた。

モリーンはあきらめる。

――もう逃げられない。

「元気ですか？　じゃあ、セーブポイント出しますね」

ぼんやり光る、ふよふよと浮かんだ球体が出現する。

モリーンは死んだ目で「セーブしますわ」と唱える。

ここでセーブしないというごね方も、彼女は思いついたが……

その場合、どんな恐ろしい手段でセーブを強要されるかという不安もあったので、もう、あきらめていた。

「では、ご説明しますが……だんだん体がだるくなっているのは、わかります？」

「……たしかにだるいですわね」

心因性のものかなとモリーンは思っていた。

けれど、わざわざ説明の枕で言うぐらいだから、理由があるのだろう。

アレクは語る。

「先ほども言いましたが、このダンジョンを構成する岩は、魔力を吸収します。魔導具からも人からもです。ただ立っているだけでどんどん魔力を吸い取られていくもので、このダンジョンは現役当時『魔術師殺しの洞窟』と呼ばれていました」

「……ちなみに、わたくし経験がないのですが、魔力を吸い尽くされるとどうなりますの？」

「衰弱死します」

「…………………えっ？」

「衰弱死、します。魔力がゼロになった時点から、だんだんと体から力が抜けていき、やる気がなくなり、まず呼吸が困難になり、最後に心臓が鼓動を止めて、死に至ります」

「そ、それは、魔術師だけですの？」

「いいえ。魔力というのは、人が活動するための必須《ひっす》エネルギーですから、職業は関係ありませんね。魔力を吸収されれば、剣士だろうが弓師だろうが、いずれ死にます」

「でも『魔術師殺しの洞窟』って」

「人より魔力消費が多い魔術師は、他の職業より死にやすいですからね。実は魔力の総量自体はみんなそれほど差がないいんです。剣士だって剣技を使うのに、剣に魔力をこめたりしますから。ただ一番大きな自然現象を起こせて、一番燃費の悪い魔術師が、一番死にやすいんです」

「でも、そうしたら、この洞窟だけではなく、他の場所だって、魔力を失えば死ぬのでは」

「通常、魔力が残り二割を切ると気絶します。そうやって意識をシャットダウンして、衰弱死を逃れているわけですね。いやあ、すごいですね、人体」

「では、ここでも気絶すれば死なないのでは？」

「気絶している人だろうが、起きている人だろうが、関係なく魔力を吸収するのが、この洞窟なんですよ」

「……あの、ここで魔法を撃ち合うのですよね？」

「ええ。あなたが中級までの魔法を覚えるまで撃ち合いますね。二日ぐらいかかるかな？」

「それは自殺では？」

「いいえ、修行です。必死にならないと覚えないですから。それに、魔力を吸い尽くされて死ねば人体が『もっと魔力が必要だ』って学習して、次の人生では最大魔力量が増えます。ロードするたび魔力が増えるのです。いやあ、一石二鳥ですね」

アレクは笑っている。

モリーンは、頬をなにか冷たいものが伝うのを感じた。

それはこれから待ち受ける苦境に折れかけた心が流す、一粒の涙だった。

アレクは優しい顔で微笑んだまま、言う。

「ちなみに、属性についての授業も、ここで行います。今から」

「魔力を吸収されながら？」

「そうですね。ですから、必死に覚えないと、身体の衰弱でだんだん呼吸すらままならなくなり、少し苦しいなという状態がずっと続いたあとで、死に至ります。覚えきるまで、何度も、何度も」

「…………あっ、わたくし、すごくいいアイディアを思いつきましたの。お風呂で授業とかなさらない？　その方がきっと楽しいですわよ？」

「あはは。すいません、妻がいるもので。風呂は、他の女性とは、娘……奴隷の双子以外とは入れないんですよ。『浮気はしてもいいけど本気になっちゃだめ』とは言われてますが、それでもやっぱり男として筋を通したいというか……実はですね、双子をそばに置くと決めた時だって、一問着《ひともんちゃく》ありまして……」

「こんな状況でのろけ話をしないでくださらない!?　わたくしの命だけではなく、あなた様の命だってかかっていますのよ!?」

「ああ、すみません。俺の命はかかってないです」

「なぜ!?」

「俺の魔力を吸い尽くすより、俺の寿命が尽きる方が早いんじゃないかな?」

「……はい?」

「普通の方の魔力総量は、百とか、鍛えても三百とか、そのぐらいなんですが、俺、ちょっときつめに修行してますので、兆《ちょう》とかなんですよね。億の次の単位の、兆」

「………はいぃ?」

「ですからこちらのご心配はなさらずに。ちなみにあなたの魔力総量は……おどろいてください。なんと修行なしで百五十ぐらいあります。これなら、この洞窟でなにもしなければ、一時間と少しは生きていられますよ」

「…………」

「では、安心していただいたところで、修行——ではなく、授業を始めましょう」

笑う。

なぜか、笑う。

なにが楽しいのか、彼はずっと、笑顔のままで。

モリーンも、きっと笑えば楽しくなるのだろうと思って、笑おうとした。

でも、無理だった。

引きつった顔で震えるだけで。

涙が止まらず、こぼれだした。

彼はさらに、追い打ちをかけるように、ほがらかな声で、言った。

「まずは火属性からいきましょうか。がんばってくださいね。この世界の属性は八つありますし。属性と紐付《ひもづ》けて、中級までの魔法にどんなものがあるかも、一気に説明しますからね」

モリーンはようやく笑えた。

でもそれは、引きつってかすれた、笑顔以外にどうしたらいいかわからず浮かべただけの、空虚な笑みだった。

○

頭を使うと。

魔力も使う。

モリーンがそんなことに気付く余裕ができたころ、属性の説明は終わった。

火、風、土、水。

光、闇。

無、そして不在。

火は風に強く、風は土に強く、土は水に強く、水は火に強い。

光と闇はお互いに対して強い。

無に弱点はないが、無に弱い属性もない。

不在属性というのは『理論上あるとされているが誰も実際に観測したことがない属性』だ。

学問的な話なので、そういう属性がある、程度に覚えればいいらしい。

「強い、弱いにも色々ありますね。火が風に強いのは、風は火に飲みこまれ、火を強くしてしまうからです。風が土に強いのは、土の影響を一切受けないからです。土が水に強いのは、水を受け止め吸収してしまうからですけれど、水属性に影響された土属性は性質を変えます。水が火に強いのは、簡単ですね。消えます。まあ、うまくやると、お湯を沸かすなどの利用法もありますが」

「はい……はい……」

「ではモリーンさん、今の説明を最初から復唱してください」

「……」

「モリーンさん？」

「……どなたですの……わたくしは……チワワ……」

「……少し休憩しましょうか」

アレクは苦笑する。

モリーンは、彼がなぜ、一切変わらず活動できるのか、わからなかった。

もうかれこれ十時間ほど座学をやっている。

普通の勉強でも疲れるのに、魔力を吸収する洞窟での授業だ。

脳はぐつぐつゆだって、なにも考えることができなくなっていく。

実際に、何度も死んだ。

何度も何度も、何度も何度も。

考えて、悩んで、一生懸命覚えようと頭を使っていたら、いきなりフッと思考が軽くなる。

死んで生き返るとそうなるようだ。

この洞窟では頭を使うだけで極度に衰弱する。

それが普通のはずなのに。

なぜ、アレクは一切変わらずに、話を続けられるのか。

強いとか、ものを知っているとか、そういう話ではない。

どこか非人間的な、無機質な不気味さを感じた。

アレクはにこにこと笑って、モリーンの正面に、なにかを置いた。

「お弁当を作ってきたんですよ。よろしければ、どうぞ」

「……おべんとぅ……？」

「そうですよ。食べ物です。疲れた頭にちょうどいいですよ」

「ああ……いただき……ますわ……」

なにかの植物で編まれたランチボックスを、のそりと開く。

すると、そこに入っていたのは……

「……アレク様」

「なんでしょうか？」

「あの、わたくしの見間違えでしょうか……いえ、きっと見間違えに違いありませんわ……なんだか固そうな、細長いものがたくさん絡《から》まった、よくわからないものしか、入っていませんのですけれど、きっとわたくしが疲れて、見間違えているのですわよね？」

「見間違いじゃありませんよ」

「では、これはいったい、なんですの？　ビスケットの一種ですの？」

「いいえ、それは、インスタントラーメンです」

「…………名称を聞いても、よくわからないのですけれど」

「手記で拝見しましたが、あなたはうちで出している醤油ラーメンをたいそうお気に入りのご様子でしたので、手軽に食べられるラーメンをお弁当に出せば、喜んでいただけるかと思い、昨日、作りました」

「これが、ラーメンですの!?　あっ、インスタント『ラーメン』！」

モリーンが、がっぷりと弁当箱に顔を寄せる。

似ても似つかない物体だ。これがどのようにして、あの美味なるショウユラーメンに化けるというのか。

「あの、アレク様、これ、スープがございませんわ。よく見ればパスタの集合体のようにも見えるのですけれど、固くて、解きほぐそうとしたら、すべて折れてしまいそうですわ。なにより魅惑《みわく》のチャーシューがございません」

「その塊《かたまり》を避《よ》けて、下を見てください」

「……なにか、よくわからないものが……」

「『かやく』と『スープの素《もと》』です」

「……ええと」

「乾燥させたチャーシューと、お湯に溶くことでスープになる粉が入っています」

「これが!?」

まじまじと見る。

どのような魔法的儀式を行えば、これがラーメンになるのか、本当に想像もできない。

むしろ目の前のこれらは、このまま食べるのが正解であり、疲れているせいでアレクがさもラーメンを振る舞ってくれるような幻聴を聞いているのではないかと、モリーンは疑った。

アレクは穏やかな、聞いていると、頭の芯に浸透してくるような声で語る。

「いいですか、モリーンさん。これは、いつもあなたが食べているラーメンを俺が魔法で、どこでも手軽に食べられるようにしたものです。昨日、修行のお話をしてから、お弁当にラーメンを差し上げたらどれほど喜んでいただけるかと思い、徹夜で作りました。この世界初にして今は俺が一つ一つ手作りするしかない、オーダーメイドのインスタントラーメンです」

「徹夜で!?　世界初!?　しかも一品ものですの!?　ちょっとアレク様！　一つの発言におどろくポイントを二つも三つも配置しないでいただけませんこと!?　わたくし、どれに反応したらいいかわからなくなってしまいますわ！」

「魔法の可能性はすごいとだけ、覚えてください」

「魔法の可能性ってすごいですわね！」

　モリーンが叫ぶ。

　アレクは満足そうにうなずいた。

「そのインスタントラーメンは、熱湯で三分間茹《ゆ》でることで完成します」

「あのお料理がたったそれだけの手間で！　なんと贅沢《ぜいたく》な！」

「では、早速作ってみてください」

「わかりましたわ！　では、お湯を沸かすお鍋をくださいます!?」

「ありません」

「なるほど！　ありま――ありませんの!?」

「ありません」

「それでは、わたくしは、ラーメンを目の前にして、ラーメンを食べられないということになりませんこと？」

「いいえ。きちんと食べられますよ」

「どのように？」

「今、教えたでしょう？」

「はい？」

「魔法ですよ」

アレクは柔らかく笑う。

モリーンは目をぱちくりさせた。

「あの、おっしゃっていることの意味が、よく……」

「まずは、土魔法で鍋を作ります。土属性の基本である『造形』の技術ですね」

「……」

「次に、火魔法と風魔法で、火を熾《おこ》します。風魔法を上手に使うことで、火魔法単体よりも、楽に火力をコントロールできます」

「…………」

「そして、水魔法で、先ほど作った鍋に、空気中の水分を集めます。ここで注意するべきは、土魔法の『造形』が不完全だと、水魔法に反応して、鍋に水を入れた瞬間、泥に変質します」

「…………」

「そして、お湯を沸かしたら、インスタントラーメンと、かやくを入れて、三分間茹でます。最後にスープの素を入れて軽く混ぜれば完成です。ああ、フォークはランチボックスにありますよ。これは、俺からのサービスです」

「…………」

「さ、どうぞ」

アレクは小首をかしげ、言葉と同時にハンドサインで作業開始を命じた。

モリーンは妙な笑いが喉奥から漏《も》れてくるのを感じる。

「え、えへっ、えへへ……」

「喜んでいただけているようで、なによりです。ここでさらに嬉しいお知らせがあります」

「えへっ?」

「今日と明日、修行中のお食事は、すべてインスタントラーメンです」

「えへへ?」

「あなたの分だけしか作れませんでしたが、俺のことはお気になさらず。一週間は飲まず食わずでも活動できるように鍛えてありますから。さあ、丁寧《ていねい》に、教えて差し上げますよ。まずは鍋の『造形』です。さ、魔力を集中して」

「えへへへ」

モリーンは笑う。

アレクも笑う。

二人の幸福そうな笑い声が、洞窟内に響く。

でも、モリーンはなにか熱いものがこみあげそうになるような感覚を、覚えた。

○

「あのね、アレク様。わたくしね、ラーメン、大好きぃ」

少し幼い声で言いながら、モリーンはラーメンをすする。

こんな美味しいもの、食べたことがなかった。

味自体は、普段食べているショウユラーメンの方が上なのかもしれない。

でも、空腹は最高のスパイスだった。

あるいは、正気を失う寸前の環境の中、このぬくもりだけが、彼女の心を支えているからかもしれない。

ちなみに、モリーンがインスタントラーメンというものを知ってから、六時間ほどが経過しているらしい。

洞窟内なので、モリーンにはもう時間の感覚がない。

けれどアレクはどのような方法か、正確に時間を把握している様子だった。

「気に入っていただけたようでなによりです」

アレクは、笑っている。

モリーンはラーメンを茹でた鍋をそのまま抱えるようにして食べていた。

ゆっくり味わいすぎて、もう冷めて、麺はのびているのだ。

それでも美味しすぎる。

そして、この精神的なぬくもりにさえすがる必要のないアレクを見て、思う。

すさまじい精神力だ、と。

モリーンは出来の悪い生徒だった。

ラーメン作り一つでかなりつまずいた。

なのにアレクは、本当に根気強く、絶対に自分でやった方が早いのに、こちらに付き添い、教えることをあきらめなかった。

しかもアレクの分はないのだ。

いくら本人がいらないと言っていても、一人で食べていることに、さすがに抵抗を覚える。

お腹がふくれて、あったまって、ようやく冷静になってきたモリーンは、人間らしい思考を取り戻し始めていた。

「あ、アレク様、本当に食べなくてもよろしいので？」

「お気になさらず」

「でも、一人で食べているのも、申し訳ないですし……」

「……なるほど。実は、そうおっしゃられた時に、かたちだけでも、食事をご一緒しようと持ってきたものも、あるんですよ」

「あら、そうでしたの？」

「ええ。これです」

アレクがポケットからなにかを取り出した。

……それはどう見たって。

「あ、あの、アレク様、失礼ながら、木の根にしか見えませんわ」

「木の根ですよ？　実はここに来る前に、外で一本、拝借しました」

「え、えっと……わたくしが無知なだけ？　木の根は、食べ物では、ないと思いますわ」

「そうですね。ものによっては漢方薬になったりもするみたいですが……これは食べ物でもなんでもないです」

「木の根ですわね」

「木の根ですね」

「……お召し上がりになるんですの？」

「かじると味がしみ出すんですよ」

「美味しいんですの？」

「木の根です」

「食べるんですの？」

「かじるんです」

「飲み込みませんの？」

「かじるだけです」

「満腹になりますの？」

「なりません。栄養もないですね」

「あの、その……」

「はい？」

「………ごめんなさい。それは、お食事ではないと思いますわ」

「そうですね」

「ではなぜ、木の根を？」

「あなたが食事で苦労をしている時に、俺が同じ苦労をしないわけにはいきませんから」

あっさりと、アレクは答える。

モリーンは首をかしげた。

「なぜですの？　あなたのお役目は、わたくしの師匠ですわよね？」

「そうですね」

「師匠とは、弟子を監督し、指導する存在ですわよね？　同じ苦労をする必要はないのではないかとわたくしは思うのですけれど……」

「でも、あなたがインスタントラーメン作りに苦労してる横で、俺が優雅にランチをとっていたらどう思いますか？」

「きっとそれは、とても殺意の湧く光景だと思いますわ」

「その通りです。ですから俺は、可能な限りあなたと苦楽をともにします。あなたが食事で苦労するなら、俺も食事で苦労します。あなたが魔法で苦労するなら、俺も魔法で苦労します。あなたが眠らないのなら、俺も眠りません。……まあ、あなたが死んでいる横で、俺はセーブポイントの見張りがあるので、生きてないといけませんが」

　弱ったように笑う。

　そして。

「これは初めての弟子――今の妻を教育していたころから、やっていたのです。同じだけ苦労をして同じだけの作業をする。教える立場と教わる立場ではあるけれど、上下ではなく対等。それが今も、俺の修行方針なんですよ」

　その言葉を聞いて――

モリーンは、今まで感じたことのない気持ちで、全身が震えるのがわかった。

「アレク様」

「はい」

「……あなたは、わたくしを突き放しませんのね」

「どういうことですか？」

「わたくし、出来が悪くて、いつも、師匠やアンロージー様に、あきれられてばかりで。つい先日なんて、とうとう、あきらめられてしまって……」

「……」

「そんな出来の悪いわたくしに、あなたは付き合ってくださるのですね。進歩の遅いわたくしと同じ、あなたにとってはする必要のない苦労までして」

「色んな苦労に耐えられるようになりましたしね。俺、けっこう死んでますから」

「わたくしは、きっと、これからも失敗や、できる方にはわからない回り道を重ねると思いますけれど……それでも、わたくしに付き合ってくださるのかしら？」

「もちろんです。それに、出来が悪いのは俺だって同じですよ。できないから繰り返して、何度も死んで、鍛えて、覚えていくんです」

「……わたくし、今まで不真面目《ふまじめ》でしたわ。修行の辛さで、心が折れかけて、正気を失いそうにさえなって……でも、ようやく覚悟ができましたわ。アレク様の修行で、立派な魔術師になってみせようと誓うことができそうですわ」

「いいことです」

「……次の修行をつけてくださいますかしら？　わたくし、人生でかつてないほど、やる気に満ちていますわ」

「非常に、いいことです。では、次の修行に移行しましょう」

「はい！」

ラーメンを一気に食べきり、立ち上がる。

事実、未《いま》だかつてないほど全身に気力がみなぎっているのを、彼女は感じていた。

このあとにどのような修行がきたって、耐えてみせる。

決意も新たに、アレクにたずねた。

「次はどのような修行ですの!?」

「お喜びください。この洞窟で行う、最後の修行です」

「おお、いつの間にかかなり進んでいましたのね!?」

「はい。ようやくたどりつきました。ここから、授業と休憩は終了いたしまして、以前お伝えした修行の開始です」

「……以前、伝えた修行、ですの？　えっ、ていうか今までのは修行ではないみたいにおっしゃいませんでしたこと？」

「そうですね。修行はこれから、俺の撃つ魔法を、相性のいい魔法で打ち消してください」

「わ、わかりましたわ」

モリーンは多少、怯《おび》えるものの、すぐに気合いを入れ直した。

属性の相性は、ラーメンづくりで頭にたたき込むことができた。

呪文だって、ラーメンづくりで試行錯誤したので、体が覚えている。

きっと、魔法を見た瞬間に反応できるだろう。

風には火。

火には水。

水には土。

土には風。

完璧に覚えている。

どうせ魔術師は魔術を一度に一つしか使えないのだ。

反射的に対応することは、充分に可能だろう。

あとはうまく出力をこめられるかどうかだ。

「……よし。いつでもおいでになって！」

「わかりました。それでは、二つからいきますね？」

「…………はい？」

モリーンは首をかしげる。

彼は、笑ったまま、言った。

「二種類の魔法を同時に発動しますので、二つを同時に打ち消せる魔法を唱えてください」

「え、あ、あの」

たとえば風と火が同時に来たらなにをすればいいのだろう？

土と水の場合は？

モリーンは一気に混乱した。

「あの、アレク様、その修行は、わたくしには少々早いのではなくて？」

「大丈夫です。修行とは常に、自分が今できることよりも少しレベルの高いことをやるものですからね」

「えっ、あの」

「大丈夫。失敗して、死んでもいいですよ。死にませんから」

アレクは笑う。

モリーンも、笑おうとした。

でも、笑えなかった。

なんというか、そんな暇《ひま》もなく。

アレクの魔法が容赦《ようしゃ》なく――いや、きっと微細な手加減をされた状態で、降り注いできた。

モリーンはこう語る。

「魔法ってもっと、頭で考えて撃つものだと思っていましたわ。でも、実際は違うんですのね。反射的に最良の選択ができるように、体にたたき込むものでしたのね」

勉強になりましたわ、と。

最後の方は、そんなことが言えるぐらいの余裕をもって――

『魔術師殺しの洞窟』での修行を終えた。

○

久々に洞窟の外に出る。

モリーンはとっくに時間の感覚をなくしていたが、アレクは正確に時間を把握していた。

今は昼ごろ。

ちょうどまる二日の修行だった。

言われた通りの陽光に目を細める。

――帰ってきた。

かつて感じたことのない充足感を、モリーンは覚えていた。

洞窟入り口。

柔らかく、優しい声で、アレクが言う。

「お疲れ様でした。今日、明日は休んでください」

モリーンは聞き間違いかと思った。

休む？

それはどのような修行？

本気でそう考えてから、ようやく、理解する。

「お、おやす、やす、お休みとか、ありますの!?」

「えっ？　そりゃあ、あるでしょうよ。別にただやるだけが修行じゃありませんからね。適度な休憩は大事ですよ」

「適度……適度ってなんでしたかしら……で、でも、休めますのね!?　ひどいひっかけや比喩などではなく、お休みですのね!?」

「ひどい引っかけもないですし、比喩も、今までそんなに使ったことないですが……とにかくお休みですよ」

「なにをしてもよろしいんですの!?」

「そうですね。まあ、あまり遠くに行かれるとその次の修行ができませんから、宿には、いていただきますが」

「あの宿はただ過ごすだけなら天上の居心地ですわよ！　喜んで宿でごろごろしますわ！」

「そう言っていただけると、宿屋主人冥利《みょうり》に尽きます」

「……宿屋主人……そういえばそうでしたわね……てっきり、拷問界隈《かいわい》の方かと……」

「そんな界隈は、そもそも実在するのかさえ知りませんが……というかなぜ拷問。俺は人生で一度だって人を拷問したことはありませんよ」

「うーん……あなた様がおっしゃるのであれば、わたくしはあなた様の従順なしもべです」

「いいえ、俺の大事なお客様ですよ。しもべじゃなくてね」

アレクが笑う。

モリーンは彼が笑みを浮かべているだけで体が震えそうになるのを感じた。

きっと感銘《かんめい》を受けたからだということで、自分を納得させる。

「あ、でも、なぜ急にお休みですの？　理由を聞かないことには、新手《あらて》の修行かと勘違《かんちが》いしてしまいますわ」

「そんなに警戒しないでも……みなさん妙に警戒なさるんですよねえ」

「警戒しない方が不自然ではないかと、わたくしは思いますけれど……」

「まあ、説明が必要ということであれば、ご説明させていただきます。『魔術師殺しの洞窟』での修行は、あなたの魔力上限を引き上げました」

「そうですの？」

「修行後半は衰弱死しなくなったでしょう？」

「……たしかにそうかもしれませんわね」

モリーンは思い返す。

最初はちょっとものを考えていただけであっという間に死んだが……。

後半はたしかに、魔法を撃ち合うという状況なのに、衰弱死はしなかった。

単純に攻撃魔法で死んでいたから、魔力を吸われる暇もなかったのだと思っていたが……

アレクは言う。

「修行開始時のあなたの魔力が、数字で言うと百五十ぐらいでした」

「はい。そう聞きましたわ」

「今のあなたの魔力は、五千です」

「……はい？」

「ですので、一回、魔力を満タンにしてもらうまでに、二日ほど休憩が必要になります。一度最大まで回復すれば、あとは今まで同様、一晩眠れば全回復するようになりますよ」

「えっと……十倍……でもなく、二十倍、でもなく、三十倍以上になっているのですか？」

「そうですね。効率いいでしょ？」

「すさまじすぎますわよ！」

今のところ、あまり実感はできていなかったが……

たしかに思い返せば、頭も全然ぼんやりしなくなっていたし。

魔法を撃ち続けても余裕があった。

考え続けたので、思考の体力的なものが上がったのかと思っていたが。

考えると、魔力を使う。

それは修行の中で実感したことだ。

ならば長考できるということは、魔力が上がったということなのだろう。

「はー……わたくし、強くなってますのね」

「俺は嘘をつけないタチなんではっきり言いますが、あなたの魔術師の適性はかなりのものです。なぜ今まで弓なんて使おうとしていたのか、俺からすれば、意味がわかりません」

「それは……アンロージー様が、やれとおっしゃったので……」

「この世界の人にはステータスが見えないからかな……？　それとも、そのアンロージーさんは、あなたが弓使いに絶望的に向いていないことをわかっていて、あえてやらせたとか？」

「そのような方ではないと思いますが……」

「でも、たぶん、一番向いてないのが弓師ですよ。それをピンポイントでやらせるって、俺に言わせてもらえば悪意さえ感じますけど」

「………」

「モリーンさん？」

「………悪意など、あるはずが、ありませんわ。だって、身寄りのなかったわたくしたちを拾って育てて……わたくしはできない子だから叱責《しっせき》ばかり受けていましたけど……でも……」

「俺、なにかまずいこと言いましたかね……？」

「……い、いえ。アレク様はなにも……ただ、わたくし、褒《ほ》められ慣れていないので、少々戸《と》惑《まど》ってしまいましたわ」

「……なるほど。『狐』を捜していることといい、少し気になる方ですね、そのアンロージーさんは。ちょっと個人的に調べてみます」

「調べる？　アンロージー様を？　憲兵のお偉い方の情報なんて、とても厳重に管理されていると思いますけれど……」

「女王様に聞けば教えてくれると思いますし」

「はあ、まあ、女王陛下であれば、ご存じとは思いますが……？」

そんな気軽に聞けたら苦労はない。

なにかの比喩、あるいは冗談だろうかとモリーンは首をかしげた。

アレクは笑う。

「ところで、明日のご予定はなにかありますか？」

「う、うーん……降って湧いた休日ですものね。予定らしきものは、立てられませんけれど」

「お金は？」

「は？　あ、宿泊費のことならどうか、ご心配なさらないで。たしかにわたくしの状況を聞けば金銭に窮《きゅう》しているのではないかと不安になられるでしょうけれど……」

「いえ、あなたの今の装備、弓師のものでしょう？」

「そうですわね」

「ですから、魔術師の装備を整えるお金はありますか？　とおたずねしたかったわけです。杖《つえ》も服も必要ですからね。ないならこちらから貸し出しますよ。ダンジョン制覇をするおつもりなら、確実な返済が見こめますし」

「なるほど。そういったお気遣《きづか》いでしたのね」

「魔術師の装備を整えれば、もっとあなたは強くなりますよ。今でもおそらく、世間的には充分な力量だとは思いますが」

「そうなのですか？」

「はい。ステータスだけ見れば、つい最近修行をつけたロレッタという方と並ぶぐらいにはなりましたね。まあその方は剣士なので、ＳＴＲとＩＮＴの違いはありますが」

「……ロレッタさんというと、宿にいらっしゃる赤毛の貴族様でしたかしら」

わけのわからない単語はスルーする。

これがアレクとうまく会話するコツだと、物覚えの悪いモリーンもさすがに理解していた。

彼は満足そうにうなずいた。

「はい。その方はダンジョンを一つ制覇なさっていますので、その方と並ぶ実力という自信は持っていいですよ」

「ダンジョンを一つ……さすがベテランの風格のある貴族様ですのね。あの方と同じ年齢になるころには、わたくしもひとかどの冒険者になっているでしょうか」

「ちなみにモリーンさんは十五歳ぐらいでは？」

「いえ、十六です」

「そうですか」

「はい、そうですが……？」

どういう質問だったのだろう、とモリーンは首をかしげる。

しかしアレクはそれ以上この話を続けず。

「では、明日は装備を整えるため買い物へ行ってください。妻には話を通しておきますから」

「わかりましたわ……強く、なっているのですよね、このわたくしが……こんな、わたくしでも。装備を整えさえすればきっと、自信もてますわよね」

「……」

「アレク様？」

「はい、きっとそうですよ」

アレクは笑う。

モリーンは、少しだけドキリとする。
まさか自分が、ダンジョン制覇者ぐらい強いだなんて、夢のようだった。
意外すぎて現実感がない。
だから。
今見ているのは、都合のいい夢で——
現実の自分は、アンロージーのもとで馬鹿にされているのではないかと。
彼女はしばらく、疑い続けていた。

○

翌朝。
モリーンがヨミに買い物へ連れていかれたのを見届けてから、アレクは出発した。
店は双子に任せてある。
いつかきっと継がせることになるので、いい経験になるだろう。
目指す先は王城だった。
南門から城へ向けて真っ直ぐに伸びる目抜き通り。

買い物客で賑《にぎ》わう市場のあたりを抜けつつ、そこかしこに警備兵が立つ高級住宅街へ。

厚手のシャツにエプロンという格好のアレクだが、警備兵に呼び止められることはない。

彼らはアレクを認識できていないのか、視界に入っても、反応さえしなかった。

王城へ。

城門には当然、衛兵が立っている。

用事のない者は入れず、身なりが明らかに怪《あや》しいアレクも、当然、呼び止められる。

そのはずが、アレクは衛兵の真横を通り過ぎ、王城へ入った。

視線を向けられさえしない。

どうやら気付いていていない様子だった。

慣れた足取りで城内を進む。

高級な調度品。

足元を柔らかく包む絨毯《じゆうたん》。

よくわからない絵画や壺。

それらを通り過ぎて、アレクはようやく目的の場所へたどりつく。

王城の四階――最上階の、一番奥。

なんの表示もない、大きな扉。

城内のはずが、どこぞの屋敷の玄関のように、ドアノッカーがついている。

アレクはノブについているドアノッカーで扉を叩く。

それから、少し待って、自ら扉を開いて中へ踏み入った。

内部はきらびやかで、どこか退廃的な空間だった。

きっと、金や銀で装飾され、宝石のはまった高級なものが、乱雑に、部屋中に散らばっているせいだろう。

この部屋でまともに人が生活できるスペースは部屋の中央とドアからそこへ続く道だけだ。

中央。

そこには、豪奢《ごうしゃ》なソファに寝そべり、果実をほおばる女性がいた。

ほとんど裸に近いような服装。

シルエットだけならば、くるぶしまで覆《おお》うワンピース。

けれど実態は、下着のようなものが見えている。

この部屋は、彼女の私室なのだから、どのような服装でも責められるいわれはない。

また、部屋でだらしない格好でくつろいでいても、なおその女性は美しかった。

アレクは部屋の中央へ歩いていく。

女性はソファに寝転がったまま、とろんとした、垂れた目でアレクを追う。

口元には、果実と、笑み。

ソファの上に広がった薄い桃色の髪を撫《な》でて、彼女は、言う。

「あらあ、いらっしゃい。あなたはいつも突然ねえ」

ゆったりしたしゃべり方。

アレクは普段通りの笑みを浮かべ、女性の前にひざまずいた。

「突然の来訪、失礼いたします。ルクレチア女王陛下におかれましては、ご機嫌麗《うるわ》しく」

「つまんない挨拶《あいさつ》はいいわ。あなたから過度な敬意は不要だって、あたくし言わなかった？」

「そうでしたね」

アレクは立ち上がる。

ルクレチアはかすかに笑った。

「それで、あたくしの寝室にどのようなご用件かしらあ？」

「アンロージーという憲兵について、質問させていただきたく」

「あたくし、あのおばさん嫌いなんだけどお」

「やはりご存じでしたか」

「王立憲兵団第二大隊長。憲兵団は第一から第四まであって、第二は主に盗賊団などの集団犯罪を取り締まる部署で、その隊長なのよねえ」

「警察組織で言えば本庁の偉い人みたいな感じかな」

「……アレクってば相変わらずミステリアスねえ」

好きよ、とルクレチアが笑う。

アレクは笑い返した。

「それで、その方が『狐』の捜査をしているというような話を聞いたので、真偽をご存じないかと思い、参上いたしました」

「『狐』え？　動物の方じゃなくて、十年前に滅んだ、盗賊団だか強盗団だか犯罪者集団の方よねえ。なんで今さらそんなもの調べるのかしら？」

「さあ？　俺も今さら掘り返されるとは思っていなかったので、どういうことかなと。あと、『狐』は個人名ですよ。よく彼女が率いていた盗賊団名と混同されますが」

「なるほどねえ。『はいいろ』も『狐』も、とにかくあのクランにまつわる犯罪者は、十年前にまとめて死んだことになってるはずだけど……」

「その節はどうも」

「……『はいいろ』は未だ、偽物《にせもの》が出るぐらい大人気らしいじゃない？　聞いたわよお？　オルブライト家のいざこざ」

「ああ、そこで『はいいろ』を名乗った偽物は、もう大丈夫です」

「あらあ、やっぱりどうにかしたのね？」

「はい。ギルドマスターに捜していただき、俺が本人を説得したところ、これからは真面目に生きていくことにしたようですから。バイロン氏の悪事を暴く際に、証人として名乗り出たのでは？」

「そうねえ。バイロン本人も、あなたからいただいた狐面をかぶると、すらすら話してくれるからとっても楽よお」

「反省の色が見られないようでしたらご一報ください」

「適宜《てきぎ》そうさせていただくわねえ。まったく、危ない男ねえ、アレクってば。好きよ」

「冒険者をやめてから俺はなにも危ないことはしていません。最近は、穏やかなものですよ」

「あなたのそういうところ、すごくゾクゾクするわあ」

ルクレチアは頬を赤らめて自らの体を抱く。

アレクは最初のままの笑顔で続けた。

「本題に戻させていただきますが、アンロージーさんの『狐』捜査の噂《うわさ》の真偽、それとなく確かめていただけませんか？　あとは……その方の、人間以外の人種への扱いなどもよければ」

「あらあ、女王様をあごで使うの？」

「見返りが必要であれば、おっしゃってください」

「そうねえ。今度やる……あなたの元いた世界にあった、なんだったかしら？　『女子会』？があるんだけどお。大きなお風呂がほしいのよねえ」

「わかりました。準備はお任せを」

「助かるわあ。それじゃあ、噂の真偽をたしかめてあげるわねえ。って言っても？　実際に動くのはあなたの鍛えた近衛兵《このえ》だけどねえ」

「みんなは元気でやっていますか？」

「そうねえ。強くて、忠実で、いい兵士たちよお。でも、あたくしより、あなたに忠誠を誓っている感じがたまらないわあ」

「そうなんですか？　まあ、一応教官みたいなことはしましたから、彼女たちの訓練はもうしていませんけど、当時の名残《なごり》で俺の言うことをつい聞いてしまうなんていうのは、あるかもですが」

「あなたの訓練は、心をバラバラにして造り変えるみたいなところ、あるからねえ」

「人のプレイしたデータを渡されてもうまくできないから、最初から始めただけですよ」

「……ミステリアスねえ」

ルクレチアは果実を口にする。

アレクは言う。

「それでは、お願いした件、どうぞよろしくお願いいたします」

「あらあ？　もう帰っちゃうの？　近衛兵のみんなも会いたがってると思うけどお？」

「彼女たちはもう卒業しました。今さら、どんな顔をして会えばいいのかわかりませんよ」

「ミステリアスで、危険で、でも繊細な人ねえ。ま、そういうことなら、引き留めないわ。でもまたいらしてねえ、あたくしの勇者様」

「……勇者らしいことは、できませんでしたけどね」

「魔王、だったかしらあ？　あなたの世界で、一般的に勇者が倒すとされてるの？　そういうのがいればよかったんだけどねえ」

「……女子会の日程は、追っての連絡を待てばよろしいので？」

「そうねえ。手紙を出すわ。あなたとヨミちゃんも参加できるようにしておこうかしらあ？」

「俺も、妻も、王宮でのパーティーなんて性に合いませんよ。だいたい、なんで女子会に俺が参加するんですか」

「あらあ？　若い子ばっかりのお風呂パーティーに興味ないのかしらあ？」

「俺には妻がいますので」

「一途《いちず》ねえ。そういうの、好きよ」

ルクレチアが笑う。

アレクは最後に一礼をして、その場をあとにした。

○

アレクが帰ったころには、もう夜になりかけていた。

『銀の狐亭』の内部に、ぽつぽつとランプが灯《とも》る。

一階食堂。

そこにはすでに、ヨミとモリーンが帰っていた。

食堂のテーブルや椅子を寄せて、中央あたりにスペースを作っている。

どうやらそこで着せ替えをしていたようだ。

周囲には、装備屋や服屋のものと思《おぼ》しき袋が、大量にあった。

アレクは二人に声をかける。

「ずいぶん買いましたね」

モリーンはおどろいて、飛び退《の》いた。

まったく気配がないところからいきなり声が聞こえたのだ。

心臓が止まりそうだった。

「あ、アレク様!?　いつからそこにいらしたの!?」

「たった今、帰りました」

「宿の玄関が開いた音さえありませんでしたけれど!?」

「従業員一同、お客様に快適な生活を送っていただくため、極力物音をおさえて行動しておりますので……」

「それでドアの開閉音まで消せるんですの……?」

「気をつければ誰でもできますよ」

アレクがそう言うということは、誰にもできないか、できるまでに相当な修行が必要なのだろうとモリーンは思った。

物覚えが悪いと自認するモリーンだが、さすがにその程度は、いい加減わかっている。

「ところで、いい服が見つかったようですね」

「え、えっと……その、たくさん買ってしまって……」

「それはたぶん、妻が無理矢理買わせたんでしょう？」

「……そうと言えば、そうなのですけれど」

ちらりとモリーンはヨミを見る。

彼女のせいにしてしまうようで申し訳ないと思ったのだ。

けれどヨミは気にした風もなく、笑って答える。

「うん、いっぱい買ったよー。ついでにノワとブランのお洋服も買っちゃった」

「……お前なあ。あの二人は着せ替え人形じゃないんだぞ？」

「えー。でもかわいいじゃん？」

「かわいいけどさあ」

「だったら着せ替えようよー」

「……まあ、そうだな。いいか。かわいいし」

「うん」

夫妻がのろけている。

モリーンは、ふと、気付いた。

そういえばアレクが丁寧に話さない相手は、ヨミと双子の奴隷ぐらいだ、と。

それだけ心を許しているということだろう。

心を許す……

アレクに心？

そんなものがあって、あの修行ができるのだろうかと、疑問を覚えないでもなかった。

考えていると――

アレクが、急にモリーンを見た。

モリーンはビクッとなって、あわてて叫ぶ。

「べ、別に、心ない人だとかは考えておりませんわよ!?」

「……なんの話ですか？」

「いえ！　いえいえいえ！　なんでもございません！　それで、わたくしにどのようなご用件でしょうか!?」

「ああ、服、お似合いだなと思いまして」

「………………そうでしょうか」

モリーンは、自分の全身を見下ろす。

買い物に出る前――

緑色のマントを着ていたはずだ。

それは地味で、長いあいだそればかり着ていたからボロボロで、いい服ではなかった。

でも、褒められることがなく、失敗ばかりの自分にはちょうどいいものだと思っていた。

けれど、今——

着ているのは、漆黒《しっこく》のローブだ。

それも、体にフィットする、光沢《こうたく》のある素材。

足には大きなスリットが入っている。

はっきり言って、派手すぎて、自分には似合わないような気がしていた。

でも、アレクは言う。

「お似合いですよ」

「……どうにも、わたくしには派手すぎるような気がして……ほら、わたくし、見た目が地味ではありませんか……」

「……地味？　あの、種族差別的な発言に聞こえてしまうかもしれませんが……魔族の方の見た目は、地味ではないですよ。白い髪に白い肌、左右で色の違う瞳で、みなさん顔が非常に整っていらっしゃいますから。むしろ、今までの地味な服装の方が、あなたの容姿に負けていたように思います」

「あ、あの、褒めてくださるのは、とても嬉しいのですけれど、奥様の前で、あまり他の女性

を褒めない方が……他意がなくても」

「妻なら仕事で厨房《ちゅうぼう》に移動しましたが」

「いつ!?」

たしかに、いない。

よく見れば、あたりに散らばっていた服屋の袋も、一つを除いて片付いている。

一つ以外は全部双子の服だったので、きっとヨミが持っていったのだろうけれど……

動いた物音も気配もなかった。

「従業員一同、お客様の邪魔にならないよう、極力物音を消して行動しておりますので」

「普段からどこか警備の厳しい場所へ侵入する時のように行動するなどと、わたくしなら気が狂いそうですわ」

「慣れれば普通にできますよ」

「ごめんなさい。アレク様の『普通』は、わたくしにとっては『未知』なので……」

「モリーンさんは、あまり一般常識の通用する場所で生活をされてこなかったようですからね。憲兵団の第二大隊長のおうちともなると、一般の貴族の方よりやや特殊な環境でしょうし」

「あれ？　常識がないのはわたくしの方ですの？」

常識とはなんだろう。

モリーンは頭が混乱してきた。

アレクが笑顔のまま話題を変える。

「ところで、どうです？　かなり『魔力吸着率』の高い装備になりましたが、力があふれている感覚とか、わかるものですか？」

「ごめんなさい、買い物中も色々言われたのですけれど、『魔力吸着率』とはなんですの？」

「ああ、ご説明がまだでしたね。魔法を使う時に、自分の中にある魔力を消費するのは、わかっていただけているかと思いますが……」

「ええ。そのせいで何度も死にましたので」

「実は魔術師が魔法を使う際に消費するのは、自分の中の魔力だけではないんです」

「……どういうことですの？」

「大気中にも魔力は漂っておりまして、自分の魔力で大気中の魔力に働きかけ現象を起こすのが魔法と呼ばれる技術なのです。つまり、自分がモーターで、大気中の魔力がギアで、ギアを回すことでモーターの出力を効率的に増幅しタイヤを回すということですね」

「ごめんなさい、『つまり』から後がまったくわかりませんわ」

「魔法は思うより複雑な仕組みで発動しています」

「なるほど、思うより複雑な仕組みで発動していますのね……」

「それで話を本題に戻しますと、その『大気中の魔力に働きかける』という段階で、魔力吸着率の高い装備を身につけていると、よりスムーズに自分の魔力を大気中の魔力に働きかけることができます。つまりギアに塗るグリースのようなものですね」

「つまりの後がわかりませんわ」

「実によく体になじむということです」

「なるほど、実によく体になじむのですわね」

モリーンはうなずく。

アレクは笑顔のまま続けた。

「魔力吸着率は、魔術師の攻撃力を上げるためには気にすべきものです。ただし、難点もあります。魔力吸着率が高いと逆に相手からの魔法攻撃も効きやすくなるということです」

「……それは、駄目なんじゃありませんの？」

「もともと魔術師適性のある方はＣＯＮが高いのであまり関係ありませんが、戦士系の装備には、あえて魔力吸着率を低く抑えてあるものも多いです」

「……なるほど」

モリーンはわからない単語を気にしないことにした。

アレクが首をかしげ、たずねる。

「ところで、杖は買われましたか？」

「……実は買っていないのです。買い物はほとんど奥様にお任せしていたのですが……双子ちゃんのお洋服を買うのに夢中でしたので、お忘れになっていらっしゃるのかと思い……けれど買い物に連れて行っていただいている身で指摘もおこがましいかと」

「いえ、妻は俺の意図を汲《く》んで、杖を買わなかったのです」

「……どういう意味ですの？」

「杖は、明日の修行で作ります」

「はあ」

「なので、杖なしで素材を集めるのが、明日の修行です」

「素材集めだけですの？」

「そうですよ」

ずいぶん簡単な修行に聞こえるとモリーンは思った。

素材集めというのは、冒険者の主な仕事の一つだ。

冒険者の仕事はだいたい『ダンジョンの探索』だが、探索というものの中でも、実作業はさらに細分化される。

増えすぎたモンスターをある程度の数倒せ、とか。

遭難した冒険者を捜せ、とか。

そういった依頼の中に『素材集め』もあった。

基本的に、素材集めの難易度は、探索クエストの中で一番低い。

冒険者が命を落とすのは、モンスターとの戦いによってがほとんどだからだ。

一応、ダンジョンの隠し部屋などにしかない素材を持ってこいと言われるような例外もあるにはあるが、普通、採取を依頼される『素材』は『すでに発見され、ある程度の有用性のあるもの』ばかりだ。

『あるかもしれないこんなのを見つかるまで探せ』という依頼は存在しない。

ギルドがそのようなあいまいな依頼を受諾《じゅだく》しないからだ。

なので、素材集めは、だいたい、素材のある場所も、そこに行く危険度も明確だ。

それゆえに賞金が低いものの、レベルの低い冒険者が日銭を稼ぐにはちょうどいい。

それが、素材集めクエストというものだった。

モリーンはたずねる。

「わたくしはなにを集めればいいんですの？」

「『巨大霊樹の根』というアイテムですね。それを、九十九個」

「きゅ、九十九……」

この途方もない数、なるほどアレクらしい修行だ。

それにしても中途半端な数だった。そこまでいったら、百まで集めさせない理由が、少し気になるが……。

モリーンはうなずく。

「わかりましたわ。九十九個集めます。二日もダンジョンで暮らせば見つかるのでしょう？」

「そうですね」

「もう、慣れましたわ。二日間、不眠不休で死に続けて、魔法を覚えましたもの。あれに比べれば素材集めなど、簡単なことですわ」

「食事は挟んだので不休ではないですが……そう言っていただけるなら心強い限りです。挑んでいただくダンジョンは『古木群生地帯』という、南の絶壁近くのダンジョンですね」

「素材を落とすモンスターは教えていただけますの？」

「そこのダンジョンマスターです」

「……はい？」

「巨大霊樹というのは、古木群生地帯の、ダンジョンマスターです」

「……ダンジョンマスターは、九十九匹もいますの？」

「いえ、一匹ですね。そこから命からがら逃げ帰った冒険者が、偶然持ち帰った巨大霊樹の破片こそが『巨大霊樹の根』と呼ばれるアイテムですね。非常に魔力吸着率の高い、魔術師の杖には最適な素材となっております」

「……ごめんなさい。わたくし、頭が混乱してまいりましたわ。一匹しかいないダンジョンマスターから、九十九の素材をとれと、そういうことですのね？」

「そうですね。ちなみに魔力吸着率の高い素材がダンジョンマスターの体からとれたので、当然、そのダンジョンマスターの弱点は、魔法だと思われます」

「それは明るい情報ですわね」

「いいえ」

「……いいえ?」

「そのボスを、今のあなたの魔力で殺さないよう、九十九の素材を集めるまで、攻撃し続けてください。ああ、死んだモンスターが消えてしまうのはご存じと思うので、死ぬ前に素材だけはぎ取らないといけないというのも、わかっていらっしゃいますよね?」

「……はい」

「魔力のコントロール力が身につきますよ」

にっこりとアレクは笑う。

えへへ、とモリーンも笑う。

そして、予感した。

——たぶん心がもたない。

○

「…………いえ、その、失敗したわけではありませんのよ。ただ少し運が悪かったと申し上げますか……えっと、あの………………申し訳ございません! 失敗いたしました!」

夜。

王都南の絶壁が、すぐそばに見える場所。

あたりには照明設備らしきものはなに一つない。

ただ、ゆらゆら揺れるセーブポイントの明かりだけがわずかに小さな範囲を照らしていた。

暗闇にほのかな光だけを受けて浮かび上がるのは、巨大な木々が密集する一帯だ。

『古木群生地帯』と呼ばれるダンジョンである。

遠目に見るだけでも、木々はどれもこれも大きく、無気味で、顔のような裂け目がある。

そんな場所が荒れ野の中にいきなり存在しているので、違和感も強くあった。

だが、見た目とは裏腹に、古木群生地帯と呼ばれるダンジョンには、もう脅威《きょうい》はない。

なぜならば。

「……うっかりダンジョンマスターを倒してしまいましたわ」

モリーンが四つん這いでつぶやく。

彼女は今、アレクの目の前で下げられる限り頭を下げていた。

この世界に『土下座』という風習はないが――

モリーンが、完全なる屈服を示そうととったそのポーズは、『それ』によく似ていた。

彼女は小刻みに震えながら言葉を重ねる。

「で、でも、決して手を抜いたわけではなく！　綿密なコントロールでダンジョンマスターを削り、どうにか五十までは『巨大霊樹の根』を集めたのです！　しかし、折り返しに入ったことで気が緩んだらしくコントロールを間違え、あ、で、でも、相手が土属性だとわかったので水属性魔法を使って加減を、あの、その、それでも、出力が、ええっと……え、えへへ」

モリーンは、引きつった笑顔でアレクを見上げる。

目の端にはうっすらと涙がにじんでいた。

彼女は今までの人生から、失敗すると、心がつぶれるような叱責を受けると思っていた。

だから、許しを請うために平伏する。

まして相手はアンロージーやその侍従《じじゅう》程度ではない。

アレクだ。

あの、アレクだ。

普段から鬼畜修行ばかりを課してくる、宿屋店主とは仮の姿、本当は名うての拷問官に違いないとモリーンが勝手に思っているところのアレクだ。

怖くないはずがない。

殺される――いや、死さえ許してもらえない。

モリーンはそう信じていて。

アレクはなにも言わず、ただ、微笑んでいた。

その彼がついに動く。

モリーンは慌《あわ》てて視線を地面に戻した。

こういう時に逃げたりすると余計に相手を怒らせると、彼女はアンロージーのもとでの生活で学んでいた。

だから、目の前にアレクが膝をついて、平伏する自分の肩にそっと手を置いた時――

彼女は一瞬、本気で心臓が止まりかけた。

怖すぎる。震えて、歯が勝手に、ガチガチと鳴った。

どのようなお仕置きをされるのか、想像さえできない。

だから次にアレクが語った言葉は――

「おめでとうございます」

――まったくの予想外で。

モリーンは、我知らず、顔を上げてしまった。

「お、おめでとう……ですの？」

「はい。ダンジョン制覇、おめでとうございます」

「……あ」

そうだった。

失敗したとばかり思っていたが、やったこと自体は、『ダンジョンマスターを倒す』という偉業である。

相性の問題もあったのだろうけれど、今の自分には弱すぎてあまり実感がなかった。

でも、為したことはたしかに、ひとかどの冒険者でも無理な難業そのものだ。

「で、でも、わたくしは、アレク様に課せられた目標を達成できず……」

「実はですね。達成できるとは思っていませんでした」

「……え?」

「そもそも、杖一つ作るのに、九十九も素材がいるわけないじゃないですか。一つあったら充分ですよ」

「それはたしかに、そうですけれど」

「ダンジョンマスターは、どうでした? 強かったですか?」

「い、いえ……倒さないようにするのが大変なぐらいで……あの、ここは本当に、冒険者が命からがら逃げなければならないほどのダンジョンでしたの? 雑魚《ざこ》モンスターはもちろん、ダンジョンマスターさえ、あまりにもろかったと申し上げますか……」

「ここはレベル八十のダンジョンです」

「八十!?」

モリーンは目を剝《む》く。

八十というのは、かなり難易度が高い部類のダンジョンだ。

制覇者推奨《すいしょう》とまではいかないものの、挑める冒険者自体が一握りしかいないレベル。

だからダンジョン内部で誰にも出会わなかったのか、と今さらながら納得した。

「ちなみに、ダンジョンマスターはレベル百ぐらいではないかと、俺は予想しています」

「……桁違《けたちが》いの強さではありませんの」

「そうですよ。相性がいい相手とはいえ、あなたはレベル百のダンジョンマスターを、一生懸命手加減しながら、それでも武器なしで倒してしまったのです」

「…………………」

「自信はつきましたか？」

「え？」

「どうにも、ご自分に自信がないようでしたからね。でも、レベル八十のダンジョンを制覇したというのは間違いなしに、世間では偉業らしいですよ」

「せ、世間では、ですの……？」

「世間は広いですからね」

アレクは笑っている。

きっと彼にとっては偉業でもなんでもないのだろう。

それでも、モリーンはだんだん、ダンジョン制覇の実感がわいてきた。

「……わたくしが、ダンジョンを制覇……」

「はい」

「………なにもできず、怒られてばかりで、地味で、どんくさいわたくしが」

「人には向き不向きがありますからね」

「……」

「むしろ今までだって、一番不向きな弓師で、よくやってきたと思いますよ」

「………あれ、なんだか」

モリーンは勝手に涙が流れるのを感じた。

恐怖による涙ではない。それはもっと温かく、優しい雫《しずく》だった。

「ご、ごめんなさい。褒められるのは、どうにも、慣れませんもので……」

「いいですよ。初めてのダンジョン制覇は、みなさん、色々な感慨《かんがい》があるようですから」

「『みなさん』？　アレク様はダンジョン制覇者のお知り合いが多いんですのね」

「うちの宿に泊まっているお客さんは全員、なんらかのダンジョンを制覇してます」

「…………ごめんなさい、感動の涙がピタッと止まりましたわ」

どういうレベルの宿屋だ。

世間では一握りとされている冒険者は『銀の狐亭』においてつかみどり状態だったらしい。

冒険者のレベルバランスが壊れる。

アレクはにこにこと笑っていた。

「これでようやく、おうちに帰れますね？」

「え？」

「ダンジョンを制覇すれば帰ってもいいと言われていたのでしょう？　アンロージーさんのお屋敷に」

「は、はあ……そういえばそうでしたわね。わたくし、日々が大変すぎてすっかり忘れておりました」

「冒険者として独り立ちすると、色々やることも多いですからね。手続き関係には、俺も難《なん》渋《じゅう》したものですよ」

「いえ、大変だったのは修行なのですが……」

「ははは。大変な修行は、あなたにはしてませんよ」

「あなた様がそうおっしゃるならば、従順な犬たるわたくしは平伏し、ただただ肯定するばかりでございます」

「あなたは従順な犬ではなく、俺の大事なお客様ですよ」

「感動で震えてきましたわ」

感情が動くことを感動と表現するならば、嘘はついていなかった。

ただし恐怖という情動だった。

アレクが祝福するように語る。

「よかったですね。妹分に会えますよ」

「……そうですわね。なんだかすごくあっさりダンジョン制覇をしてしまいましたけれど、妹分に会うのを目標に今までがんばってきたのです。それが叶うのですから、喜んでいいのですわよね」

「そうですよ」

「………ああ、そうなんですわね。改めまして、アレク様には感謝の言葉もありませんわ。まさかいつもどんくさいとか愚図とか言われ続けてきたわたくしが、ダンジョン制覇という偉業を達成できるなど……あなた様のご助力なくして、達成は不可能だったでしょう。本当にありがとうございます」

「駆け出し冒険者のサポートが、俺の宿の仕事ですからね」

「しかし……制覇クエストを受けずに制覇してしまいましたわ。これではわたくしがいくらダンジョンを制覇したと言っても、信じていただけないかも……」

「こんなこともあろうかと、制覇クエストは代わりに受けておきました」

「クエストを代わりに受けるなんてできるんですのね」

「ギルド長と知り合いなので」

「はあ、なるほど」

モリーンはおどろかない。

彼女の常識はとっくに壊れていた。

アレクがたずねる。

「どうします？　一度宿に戻られます？」

「……ああ、アンロージー様のお屋敷に帰る前に、ですわね。一度宿に戻らせていただけるとありがたいですわ。お風呂に入って、身だしなみを整えて、失礼にならない時間にうかがいたく思います」

「あまり急いではいないんですね？」

「……そう、かもしれませんね。今だから思うことではありますが……アンロージー様のお屋敷はその……あまり、居心地がよろしくなかったもので」

「それはどういう意味で？」

「アレク様ですので包み隠さず申し上げますが……あのお屋敷には……いい思い出がありません。いつも叱《しか》られていましたから……でも、孤児であるわたくしを育ててくださったアンロージー様に感謝はしておりますし、妹分に会いたいのも、本当ですのよ」

「そうですか」

「ふふ……そう考えれば、今のわたくしを見せるのが、楽しみでもありますわね。弓師としては失敗ばかりでしたけれど、魔術師としてのわたくしは、ひとかどの冒険者と呼べるようですから。こんな綺麗な装備まで身につけたわたくしを見たら、きっとアンロージー様はおどろかれますわ」

「そうだといいですね」

「はい」

モリーンは笑う。

それは、幸福な未来を思い描いての笑顔だった。

いつもの恐怖に引きつったせいで顔面が笑顔めいたなにかになってしまうやつではない。

素直に笑顔を浮かべられたのは、いつ以来だろうとモリーンは考えた。

この宿に来る前——

いや。

——アンロージーのお屋敷でも、自分は、心から笑っていただろうか？

そんな考えがよぎって。

ふと、怖くなって、考えをやめた。

◯

翌朝、モリーンは宿を後にした。

アレクはチェックアウトの手続きを済ませて、食堂カウンター内で豆を炒《い》っていた。

食堂内には宿泊客五名と、奴隷の双子がいる。

ヨミは厨房でスープを温めていた。

しばし、作業に没頭していると——

カウンター席にロレッタが座る。

アレクは気配で察したあと、そちらを見る。

ロレッタが、切り出した。

「アレクさん、モリーンさんは出ていかれたのか？」

「そうですね」

「まあ、そういうこともあるさ。あなたの修行は常人にはとても耐えられないからな」

「……あの、モリーンさんはきちんと修行を終えて、ダンジョン制覇をしてチェックアウトされましたけど」

「そ、そうだったのか。すまない。あなたの修行が辛くて逃げ出したのだとばかり……心が弱そうな方だったからな」

「心が弱くても耐えられる、ゆるい修行をちゃんとつけて差し上げましたよ」

「ゆるい？　それはつまり……いや、すまない。ゆるい修行をどうにか想像しようとしたのだが、私の想像力では不可能だったようだ」

「ははは。まあ、ようするにいつものやつですよ」

「そうか。いつものやつか。つまり今の発言も、いつものアレクさんというわけだな」

ロレッタはうなずく。

アレクは首をかしげた。

「ところでロレッタさん、今日はみなさんと同じ席でお食事をされないので？」

「ああ。そうだな。今日は少し、あなたと話したかった」

最近のロレッタは、他の宿泊客とも打ち解けている。

貴族という出自はあったが、それ以前に、他の客もみなアレクの修行を受けているのだ。

同じ苦境を経験した者同士は、自然と連帯感が生まれる。

苦境が苦しいものであればあるほど、朋輩《ほうばい》との絆《きずな》も深い。

つまりロレッタと他の宿泊客とのあいだには、相当な絆があった。

「俺に話……ですか。どのような？」

「あなた方夫妻のなれそめの話が、ちょっと宿泊客のあいだで話題になったもので。気になるが聞くのが怖い人も多いようなので、以前もうかがった私が、再び代表して、もう少し、くわしくうかがおうかと」

「怖い話はありませんが」

「そうだな。あなたの中では、きっとそうなのだろう」

「いや、妻の中にも怖い話はないはずですが」

「そうかもしれないな。それで、細君《さいくん》から『銀の狐団』というクランにいて、そこが滅んだ話は聞いたのだが、他の情報がなく、あなたがたがなぜ一緒に旅をすることになったのかがわからない。なにかきっかけのようなものはあったのか？」

「きっかけ、ですか」

「……ここまで聞いておいてなんだが、答えたくない話はしなくていい。冒険者は過去に色々あるのが通例だ。だから私があなたと話しに来たのも、そもそも聞いていい話なのかどうか、無責任に騒いでいい、明るい話なのかどうか、確認をしに来た側面も大きいのだ」

「なるほど」

「いじられたくない過去で、好き勝手に盛り上がられるというのは、いい気分はしないはず。だから触れられたくない話ならば、我々は金輪際《こんりんざい》、あなた方夫妻のなれそめの話はしない。そのように私から呼びかける」

「……ロレッタさん」

「なんだ」

「相変わらずクソ真面目ですね」

「汚い言葉はやめていただこう。人の弱みを突きたくないだけだ」

「まあ、そこまでもったいぶる話でもないんですが」

アレクは豆を炒る手を止める。

そして、少しだけ悩む素振りを見せたあと、苦笑して、語り始めた。

「俺と妻が昔所属していた『銀の狐団』は、ある界隈ではちょっと有名なクランでして」

「ある界隈とは？」

「犯罪者界隈ですね」

「………………はあ？」

「冒険者クランの体裁《ていさい》をとった犯罪者クランだったんですよ。『銀の狐団』は」

「……その。話の入り口からして、まったく続きを聞いていいような話には思えないのだが、大丈夫なのだろうか」

「明るい話ですよ」

「そう思えないが」

「今、俺と妻はこうして宿屋経営をしたり、新米冒険者さんたちに修行をして差し上げたり、かわいい双子の娘……まあ、立場上はまだ奴隷ですが……も、いますから。ハッピーエンドには間違いありません」

「そ、そうか……そうか？　あなた方夫妻のハッピーエンドの陰で、心に傷を負っている人もいるのではないか？　たとえば、私とか」

「ははは。冒険者は過去に色々ありますし、オルブライト家の色々は、あなたの心に傷を残すのに充分だったかもしれませんが、あなたはきちんと、乗り越えたじゃないですか」

「そちらの話ではないのだが、あなたにはきっと、わからないのだろうな……」

修行の話です。

豆とか。

悪意も悪気もないのが、この宿屋主人のもっとも悪いところだと、ロレッタは改めて思う。

アレクはいつも通り、笑ったままだ。

「ご承知の通り、俺は勇者なので、世の乱れをどうにかしないといけませんでした。でも、この世界には絶対悪がいないんですよね。魔王とかそういうの」

「魔王？　魔の王？　つまりダンジョンマスターのようなものか？」

「ダンジョンマスターを統括《とうかつ》する存在、ですかね。そいつだけ倒せばこの世から悪いことはみんな消えるような、そういう、悪を一手に担《にな》う総合商社です」

「……はあ、つまりそれは、アレクさんのことか？」

「俺を倒しても悪は滅びませんよ」

「あなたは何度でも甦《よみがえ》るものな……」

「それ以前に、俺は悪ではありません」

「そうだな。そんな言葉で表してはいけない、もっと別ななにかだ」

「むしろ正義の味方のつもりでした。一時期ね」

「正義か………この宿屋は哲学的なことを考えさせられるな。生命とは。生きるとは。死ぬとは。普通とは。適度とは。そして悪とは。正義とは」

「ずいぶん思想家ですね」

「いや、この宿が人を思想家にさせるのだ」

「なるほど……宿の新しいアピールポイントになりますかね？」

「ならないと思う……」

むしろ隠し通すべき部分のように、ロレッタには思えた。

アレクは気にした風もなく続ける。

「……そんなこんなで、悪を滅ぼすつもりが、具体的な絶対悪が存在しないこの世界ではどうしたらいいかわからなかったので、とりあえず犯罪者を滅ぼすことになったわけです。そこで、『銀の狐団』にいた妻と出会ったのです。それで『銀の狐団』は滅びて、今に至ります」

「待て待て待て。重要な部分がゴソッと抜けているぞ」

「ちょっとはしょりました。モリーンさんが戻っておいでのようなので」

「……戻ってきた？」

ロレッタは周囲を見る。

しかし、モリーンの姿はない。

なんだろう、と首をかしげていると——

やや経《た》ったあと。

慌ただしく扉が開かれる音が、宿屋入り口から響いた。

ロレッタはうなずき、我慢できずに、言った。

「……なあアレクさん、あなたはとんでもなく広い範囲の気配を察知してはいないか？」

「街の中央に立てば、街で動くものの気配はだいたい全部わかる程度ですかね」

「相変わらずさらりとすさまじいことを言うな」

「ダンジョンマスターが逃げ回るタイプのダンジョンがありまして。攻略するのに必要なスキルだったんですよ」

「必要であることと、できるようになることは、また違う問題だと、何度も言わせないでいただけないか」

「でも、やるしかない状況になったら、意外とできるものですよ」

「何度か死ねばか？」

「そうですね。死にながら覚えれば。……ではちょっと、お出迎えに」

アレクはカウンターから出て、宿屋入り口に向かう。

すると、モリーンは、宿屋受付に隠れるようにしゃがみこんでいた。

アレクは彼女を見下ろすようにして声をかける。

「いらっしゃいませ。『銀の狐亭』へようこそ」

「そ、そ、そんな呑気《のんき》な状況では、ないのですわ……」

モリーンは震えながら、アレクを見上げる。

アレクは笑顔で首をかしげた。

「しかし宿屋の主人ですので、入ってこられたお客様をお出迎えしないわけにも」

「そうではなく！　そうではなく……あ、あの、今からちょっととんでもないことを申し上げますが、どうぞおどろかないでいただけますか？」

「こう見えて小心者なので、その前フリは少し怖いですね」

「冗談を言っている場合ではないのです！」

「素直に本心を申し上げておりますが」

「わたくし、追われているのですわ！」

らちがあかないと思ったモリーンは、会話をぶった切る。

アレクは動揺した様子もなく、言う。

「なるほど。あなたが宿泊されていたお部屋は空《あ》いておりますので、まずはそちらへどうぞ」

「じ、事情説明を求めるとか、おどろきとか、そういうのはございませんの!?」

「特に意外なことは言われておりませんので……」

「追われているんですわよ!?　わたくしが！　アンロージー様の率いる憲兵団第二大隊に！

しかも凶悪な盗賊団、『狐』の構成員として！」

「『狐』を盗賊団扱いの時点でなにも知らないことが伝わってきますが……身に覚えでも？」

「ありませんわよ！」

「でしたら、お部屋にどうぞ。憲兵がこの宿に来るまでは四半日はかかるでしょうし、来たところで適当に言って追い返しますから、まずはお部屋でゆっくり、落ち着かれてはいかがでしょう？」

「……追い出しませんの？」

「当店は、駆け出し冒険者へ万全のサポートをお約束しておりますので」

にこりと笑う。

モリーンは、おどろきながら、思った。

今まで、この笑顔には、恐怖しか覚えなかったが――

味方になるとここまで心強いのかと。

また、泣きそうになった。

○

部屋。

ベッドと化粧台があるだけの簡素なその場所で、明かりもつけず、モリーンは部屋の隅で膝を抱えていた。

時刻はすでに夕方になっている。

部屋に通された瞬間、緊張の糸が切れて、眠ってしまったのだ。

アレクは文句も言わず、起きるまで待っていてくれた。

「……突然、戻ってきてしまって、本当に申し訳ございませんでした。しかも、こんな、問題を持ちこんでしまい……」

モリーンは、謝罪する。

アレクは笑顔のまま、首を横に振った。

「かまいません。ある程度予想がついていたことでしたから」

「……どういうことですの？」

「アンロージーさんは、ひどい差別主義者だそうですね」

アレクは、手になにかを持っていた。

封筒、だろうか。

立派な封蠟《ふうろう》の跡が見える。

モリーンの記憶に間違いがなければ、王族の使う封蠟に見えた。

ついでに、封筒の隅にキスマークがついているのが、地味に気になるが……。

それどころではないので、モリーンは話を続ける。

「アンロージー様は、我々亜人の孤児を、虐待するために引き取っていたようなのです」

「亜人、亜人、と言われますが、その言葉はもう、差別用語ですよ」

「……そのようですわね」

「アンロージーさんは、少し変わった嗜好《しこう》の持ち主のようですね。他種族の孤児を引き取り、閉鎖的な環境で育てて、野に放って、犯罪者に仕立て上げて、捕らえる。……憲兵大隊の方ですからね。人間ではない種族を虐待するための大義名分が必要なのかもしれません」

「……」

「モリーンさん、お休みが足りないようでしたら、俺は外しますが」

「いえ。……お屋敷に戻って、快《こころよ》く出迎えられ……そうしたら、急に、引っ立てられて……知らないあいだに、わたくしが凶悪犯罪者だということに、なっていて……尋問《じんもん》を……」

「されたんですか？」

「……いえ。される前に、逃げました。杖はとられておりましたが、杖がなくとも魔法は使えますので。アレク様の修行のお陰で、こうして無事帰ってくることができましたわ」

「俺の修行があなたのお役に立てたのであれば、幸いです」

アレクは一礼する。

モリーンは、空虚に笑う。

「……全部、わざとだったんですわね。適性のない弓師をやらされ、馬鹿にされたのも。ことあるごとに蔑《さげす》まれ、叱られていたのも。愛の鞭《むち》ではなく、ただの、鞭だったのですわね」

「……さて。俺からはなんとも」

「ごめんなさい。……ごめんなさい。こんなこと、あなた様に言うべきではないのでしょう。でもわたくしには、あなた様の他に、頼れる相手も、いないのです」

「宿屋主人として嬉しく思います」

「妹たちを、助けないと」

ハッとする。

一人で逃げてしまったが、これから同じ運命をたどるはずの妹分たちを、あのままにしてはおけない。

だから、モリーンは言う。

「……アレク様、ご迷惑をおかけしました。わたくしは、これよりアンロージー様のお屋敷に乗りこみ、妹分を救い出します。ですのでどうぞ、わたくしとあなた様のあいだには、かかわりがないことにしていただけませんか？　きっと犯罪者として追われるでしょうから、ご迷惑になります」

「やめた方がよろしいかと」

「ですが、他にやりようもございません」

「憲兵大隊の隊長さんの家から人をさらうというのは、色々と現実的ではありません。難易度自体はあなたが挑んだダンジョンより低いでしょう。しかしその後、妹分の子たちを引き連れどのように生活をしていくおつもりで？」

「それは……」

「冒険者はもともと灰色な者が多いとはいえ、憲兵の屋敷を襲撃すれば、さすがにギルドも守ってはくれませんよ。となると、あなたの行く末は犯罪者しかありませんね。残念ながら、うちの宿泊客から犯罪者を出す気は、俺にはありません」

「評判に傷がつきますものね。その点は本当に、申し訳ないと……」

「いいえ。サポートをお約束した身として、あなたの将来を暗くするわけにはまいりません」

「ですが、助けなければ、なにも知らないあの子たちも、いずれ犯罪者に仕立て上げられてしまいます」

「助けること自体は、いいと思いますよ。それはどうぞ、ご随意《ずいい》に」

アレクは笑顔のままだった。

モリーンはだんだん頭が混乱してきた。

「妹を助けるのはよくて、屋敷に侵入して妹たちをさらうのは、駄目ということですの？」

「そうですね」

「他に、どのようなやり方が……」

「俺のいた世界には、こんな言葉がありました」

「えっ？　言葉？　世界？」

「『バレなきゃ犯罪じゃないんですよ』」

「…………」

なにを言っているのだろうこの人は。

モリーンは呆然としてしまった。

アレクは表情を変えずに続ける。

「俺はあなたを助けません。修行までの面倒は見ても、あなたを助けてしまうと、あなたから成長の機会を奪ってしまいますからね。だからあなたが妹分たちを助けるのに、俺は力をお貸しすることはできません」

「それは…………ごめんなさい。本音を言ってしまいますと、あなた様の助力を得られないかという望みが、まったくなかったわけではは、ないのです」

「そうでしたか。けれど、あなたは、ある意味で運がよかった」

「……運、ですか？」

「そうですね。実は俺は、宿屋主人の他にも、色々活動をしています」

「拷問など？」

「いえ、拷問はしたことがありません」

「では他にどのような？」

「『狐』です」

「…………………はあ？」

「その昔、輝く……まあいいか。伝わりにくいし。『銀の狐団』というクランがありまして。とてもすごいクランでしたよ。なにせ、そこには伝説的な犯罪者が何人もおりましたから」

「……」

「中でも最も伝説的な三人の犯罪者がいました。クランリーダーをしていた『はいいろ』という暗殺者。今でも謎多き『輝き』という者。それに――盗賊として名を馳《は》せた『狐』です。盗賊団ではなく、一人の女性を指す名称ですね」

「…………」

「もともと『銀の狐団』というのは、『はいいろ』『輝き』『狐』の三人が設立したクランのようでして、三人の名前を合わせて『輝く灰色の狐団』でした。けれど『輝き』が死に『銀の狐団』とその名を改めたのです」

「…………えっと」

「俺はその三人に訓練を受け、三人の名前を継ぎました」

「…………………」

「なので俺は『はいいろ』であり、『輝き』であり『狐』でもあるのです。そして現在の俺はもちろん、善良な宿屋主人ですが……三人の名前を勝手に使う方に、使わないようお願いをする活動も実施しております。好き勝手に名乗るのは挑発行為みたいなものですしね。きっと本物に来てほしいのでしょう」

モリーンは、話を聞いていて、だんだん、わけがわからなくなってきた。

アレクがあまりにあっさりと変化なく語るからだろう。

重大なことを話されているはずが、冗談にしか聞こえない。

冗談のようなことを言われているのに、一笑《いっしょう》に付《ふ》すことができない。

本当なのか。

嘘なのか。

現実感が揺らぐ。

「なので、勝手に『狐』の名前を利用された方に、お願いに上がらなければなりません」

微笑み。

変わらない表情――だというのに、モリーンは、今までのアレクから感じたことのない、すごみを感じた。

眠った猛獣が目覚めたような、目の前にいるだけで凍りつくほどの恐怖を感じさせる。

「きっと、その時に、アンロージーさんのお屋敷は混乱するでしょうね」

そこから先は、言わなかったけれど。

モリーンは、アレクの言わんとすることがわかった。

だから、あえて彼が口にしなかったことを、言う。

「……それでは、すべてあなた様のせいにされてしまうのでは？　あなた様が作り上げた混乱の最中、わたくしの妹分たちがいなくなれば、あなた様が悪者にされてしまうのではありませんか？」

「やだなあ、俺は悪じゃありませんよ」

「……そういうことではなく」

「でも、正義でもありません」

「……」

「白でもなく、黒でもない。灰色ですよ、全部。悪を打倒するでもなく、正義を名乗るでもなく。——狡猾《こうかつ》に忍び寄り、卑怯《ひきょう》に保身をします。ですからどうぞ、ご心配なく。どうにかできるぐらいの備えは、生きてきて身につけてますから」

モリーンは、ようやく、彼のことを少しだけ理解できた気がした。

恐ろしいけれど、悪ではない。

もっとも、正義でもない。

なるほど言う通りだ。

ようするに。

「……アレク様は、いい人ですのね」

モリーンは笑う。

アレクは苦笑した。

「そうでもありませんよ。まあ、強《し》いて言うなら、これは妻のための活動ですね」

「奥様の？」

「はい。『狐』か『輝き』、どちらかが妻の母親なので」

「…………はい？」

「妻の親の名誉を守るのも、夫の仕事でしょう？」

わずかに照れたように。

そんなことを、語った。

○

「こんばんは。少々強引な訪問、失礼いたします」

アンロージーは、廊下で、そのような発言をする男に行く手を遮《さえぎ》られた。

豪奢《ごうしゃ》な絨毯の敷かれた、細長い廊下。

このあたりは完全なる通路で、近場に部屋はない。

というか――万が一のことがあった場合、外部に逃げるための、隠し通路だ。
そこになぜか、男が待ち伏せをしていた。
廊下は明るい。
すでに時刻は夜だが、内部には等間隔に魔導具により輝くランプがあった。
アンロージーは白髪頭の女性だ。
神経質そうな顔立ちをしており、やけに細い。
スカート部分が大きくふくらんだ旧式のワンピースを身につけている。
腰には剣があった。
細身の突剣《レイピア》。切っ先は遠目には視認不可能なほど細い。
また、振ればしなるぐらいに柔らかで粘りのある鋼《はがね》で作られた高級品。
モンスター相手では役に立たないが、人を相手にするのにこれほど優れた剣はない。
冒険者と違い、対人戦の多い立場である彼女が好んで使う武器だった。
アンロージーは苛立《いらだ》ちをおさえきれない声で、言う。
「どいてちょうだい！　今、ワタクシは急いでいてよ！」
彼女はいつになく苛立っていた。
今日はあまりにも、悪いことが重なりすぎたのだ。
昼。

せっかく、美味しくなるまで育てた亜人を、すんでのところで逃がしてしまった。

向こうがこちらを信頼するように、閉鎖的な環境で、育ててきたのに。

裏切られたと知った時、とびきり絶望的な顔をするように手塩にかけたというのに。

十五年かけて寝かせた葡萄酒《ぶどうしゅ》。

その瓶を割って台無しにしてしまったような気分だ。

そして――夜。

襲撃をされた。

屋敷の表門が爆発をしたと思ったら、あっというまに、屋敷が派手に炎上した。

警備のために詰めている兵たちも、なにがあったのか、怯《おび》えきっていて、逃げ出してしまう始末だ。

手勢も拠点《きょてん》も失いかけたから、アンロージーは逃げている最中だった。

一度逃げて態勢を立て直す。

そうすれば、率いる憲兵団第二大隊の出番だ。

犯人を必ずや捕らえて、どうしてこんなことをしたのか吐かせてやる。

ついでに逃がしてしまった亜人を犯人にして、大規模捜索の口実を作ってやる。

そう考えていたのに。

――今。

目の前に、男が立ちふさがっていた。

奇妙で、苛立つ男だった。

銀色の毛皮でできたマント。

無気味な意匠《いしょう》の、光沢のある素材でできた仮面。

しかし、顔を隠す気はないようで、仮面は顔の横にずらしてかぶっている。

狐面の横にある目を細めた面相。

年齢不詳な男の、感情のわからない笑顔。

亜人ならば、すでに突き殺しているところだ。

アンロージーが攻撃に移らなかったのは、彼が『人間』だからという理由でしかない。

つまり――憲兵としての責務。

人間を犯罪から守る矜持《きょうじ》。

だというのに男は、責務と苛立ちのあいだで揺れるアンロージーを挑発するように、のんびりと、しゃべる。

「お急ぎでしたか。大変申し訳ありません」

「……だいたい、アナタ何者なんですの？　ここに普通の方は入ってこられなくてよ」

「口調がモリーンさんとそっくりですね」

アンロージーは眉根を寄せた。

そして腰の突剣を抜く。

「アナタ、亜人の仲間かしら」

「あなたが育てられた子でしょう？　娘も同然の相手を『亜人』などと差別用語で呼ぶのは、よろしくないのでは？」

「関係ないでしょ！　……いい、最後通告よ。どきなさい。さもなくば、憲兵団第二大隊長の権限で、アナタを逮捕します。従わない場合、実力で拘束します」

「モリーンさんは、よほどあなたを慕い、見習っていたようですね」

「通告はしたわよ！」

アンロージーは素早く剣を突き出す。

切っ先は確実に、男の喉元に当たった。

しかし刺さらない。

いくら力をこめても、剣自体がしなるだけで――

男の喉には、少しも切っ先が食い込まなかった。

「個人的な怒りもなくはないですが、それより用件を済ませましょうか」

男は近付いてくる。

剣の切っ先を、喉元からどけもせず。

アンロージーは一歩、下がろうとした。

その前に男がいつのまにか距離を詰めきって、アンロージーの、剣を持った手を握った。

かすれた声が彼女の喉奥から漏れる。

「ひっ……!?」

「勝手に『狐』の名を使ったことを、訂正していただきたく思い、参上しました」

「『狐』……?」

「十年前に死んだ犯罪者、およびその人物が率いていた盗賊団ですよ。公式記録ではそうなっているはずです。……だというのに、あなたが逮捕した者には『狐』の構成員が少なからずいるようですねえ」

「な、なにを……な、なぜ、知っているのかしら……?」

「情報の入手先は明かしませんが、たしかな筋ですよ。とにかく、困るんですよ。『狐』の名を使われては。返していただきますよ。それは俺だけのものです」

アンロージーは男のかぶった面を見る。

無気味な、見慣れない意匠の面。

それは犬のような。

あるいは、狐のような。

「……ッ!?」

恐怖で喉がひきつり、声が出ない。

——気付いてしまった。

死んだ狐が自らの皮を取り返しに来た。


「ご理解いただけたようでなによりです。では、反省の意を示していただきましょう」

男は微笑んだまま、空いている方の手を横にかざす。

すると、ほのかに輝く球体が現れた。

「さ、『セーブする』と宣言を」

「……あ、は、はあ?」

混乱して、反応できない。

男は小首をかしげる。

そして、アンロージーの手を放した。

突然解放されて、戸惑い、動けない。

その、アンロージーの——剣の切っ先を。

男は片手でつかんだ。

「よくしなる、いい鋼ですね」

親指で曲げる。

そして。

ビキン！

木の枝でも折るように、指先の力だけで、折った。

アンロージーは目を見開く。

しなる金属というのは、ただ硬いだけの金属よりも折れにくい。

指の力だけで折れるような代物《しろもの》であれば、人体に突き刺すことは、不可能だ。

それをいともたやすく。

ペンでも折るように。

男は、折っていく。

切っ先から、だんだん、柄《つか》に近付いてくる。

「切っ先を折りました。中央を折りました。次は根元を折ります。その次は、わかりますか？　このまま折っていくと、だんだんと、あなたの手に近付いていきますね。剣が『なくなる』前にセーブをされた方が、あなたのためだと、俺は考えますが」

笑顔のまま根元を折る。

次は柄らしい。

その次は？

――指。

アンロージーは。

ようやく、思考を取り戻す。

「セーブ！　セーブしますわ！」

金切り声で叫ぶと、指に伸びかけていた男の手が止まった。

「ご協力ありがとうございます。ではさっそく白状をしていただきましょう」

「は、白状？」

「あなたが今まで、『狐』という名目で逮捕した者たち、すべてについてです。こちらもある程度の情報は持っていますので、裏をとりたく思います」

「……」

「大丈夫ですよ。ゆっくりでいいですからね。時間はいくらでもあります。ただ、嘘をついたり、逃げたりは、しない方が賢明だと、忠告させていただきましょう。悪いことをする部位は切除しなければならない場合があります」

男は、マントの下から、無骨なナイフを取り出す。

それは柄《え》がついただけの鉄塊《てっかい》だ。

切れ味などおおよそなさそうな、刃《やいば》と言っていいかもわからないシロモノ。

「でも、納得できないでしょうから、一度ぐらいは試みていただいても、大丈夫です。なにがあったって、死にませんからね。ロードすれば、戻ります。孤児を育てたというあなたの行為自体は、世間から評価されるべき善行ですから。せっかく手足も舌も無事なまま生きてこられたんです。欠けてしまっては、子供たちも悲しいでしょうし、配慮させていただきますよ」

男は笑っていた。

それは絶対的優位を背景にした、勝者の笑み――ではなく。

凶悪な欲望を満たせる異常者の笑み――でさえ、なく。

ただの普通の、微笑み。

日常的に浮かべる、相手を心から安心させようとする者の、優しい笑顔。

だからこそ恐ろしい。

この状況でそんな風に、普通に笑える相手はきっと異常者に違いないのだと、アンロージーは気付いてしまった。

◯

「あの、アレク様、アンロージー様に、すさまじい謝罪をされたのですが……」

アンロージーの屋敷を襲撃した、翌朝。

『銀の狐亭』の一階食堂には、多くの客が集まっている。

……が、それにしても、普段より多すぎる。

今日は宿泊客と従業員だけではない。

アンロージーに、曰《いわ》く『亜人』と呼ばれていた少年少女たちがいるのだ。

総勢七名。

モリーンを含め八名。

その子らは、アンロージーの屋敷から連れ出され、そのまま『銀の狐亭』で夜を明かした。

そして今に至る。


アレクはカウンター内で豆を炒りながら、たずねる。

「先ほど会ってきたんですよね？」

「はあ……あなた様のおっしゃる通り、中央通りのあたりで……人が変わったかのように、深く謝罪をされましたわ。罪を着せたことを謝罪され、馬鹿にしたことを謝罪され、これからも屋敷で暮らしていいいと、そのように……」

「よかったではないですか。これでようやく、念願のおうちに帰れますよ。今度は裏のない、あなたを本当の子としてかわいがってくれる方のおうちにね」

「いえ、あそこまで人が変わってしまわれると、逆に裏を疑ってしまうのですけれど」

「いいじゃないですか。いい方向で話がまとまりそうなんですから」

アレクは笑う。

だから、モリーンはそれ以上聞くことをやめた。

アンロージーの人が変わった件について、たずねれば答えてくれそうな気はしたが……

答えを聞くのは、なんとなく恐ろしかった。

それよりも、彼にお礼を言いたかった。

「……とにかく、感謝をいたしますわ。アンロージー様が改心されたようなので、あまりこの子たちを連れ出す意味もなかったように思いますが……」

「人の心はわかりませんからね。改心するかどうかは、本人の資質にもかかっていますので。もし駄目だった時のために、連れ出しておくのは必要だったと、俺は思いますよ」

「そうですわね」

「今度こそ本当にチェックアウトですね」

彼は笑う。

モリーンは意を決して、言葉を紡《つむ》ぎ出す。

「あの、そのことでお願いが」

「はい？」

「……わたくし、今回のことで痛感いたしましたわ。もし家でなにかトラブルがあった時に、逃げられる場所が必要ではないかと。……わたくしにも、この子たちにも」

「はあ」

「ですから……この子たちをお屋敷に帰したら、わたくしは、家に戻らず、冒険者を続けようと思うのです」

「……」

「そして、この子たちが街に出た時によりどころとなれるような場所を作りたいと、今回のことでそう思いましたわ」

「……なるほど。それで?」

「つまりですね……わたくし、宿屋を経営したいと思いますのよ」

「…………」

「そこで、なんと言いますか……この宿屋で、学ばせてはいただけないでしょうか? わたくしはどんくさいかもしれませんが……お風呂なら、わたくしの力でも、できますし……」

魔法を六つ同時に発動し、長いあいだ維持する。

アレクがさらっとやっている難業だ。

さすがに、見ないで維持するまでは、今のモリーンには無理だが……

見ていれば、数時間なら維持できるぐらいには、なっているはずだった。

魔法も五つまでなら同時発動はできるようになったし。

モリーンはうかがうようにアレクを見る。

アレクは困ったように頭を掻いて。

「……そういえば、風呂の出張を頼まれているのですが、たまたまその日が、目を離せない修行の日とかぶってしまいましてね」

「……」

「妻を向かわせようかと思っていたのですが、双子だけに店を任せるのは、まだ少し心配という気持ちもあります」

「……」

「なので、俺の代わりに出張で風呂を設営できる人材が欲しいとは、思っていました」

「……で、では？」

「よろしければ、モリーンさんにお願いします」

「わかりましたわ！　精一杯、努めさせていただきます！」

モリーンは笑う。

――これは、彼女が初めて抱いた夢。

馬鹿にされ。蔑まれ。才能にないことをやらされ、失敗ばかりで。

屋敷を出て。励まされ。修行をして。才能を伸ばしてもらって、初めて見ることができた、未来の自分。

今はまだ足りないけれど、彼女は第一歩を踏み出す。

彼女は家を飛び出し、自信を手に入れた。

……もっともその第一歩は。

「じゃあ、週末に、女王様のところに行って、女子会の風呂設営をお願いしますね」

「……女王様？」

「女王陛下です。実は、風呂の依頼は女王陛下に頼み事をしたので、そのお礼なのです。断れもしないし、困ってたんですよ」

「…………え、えっと、わたくし、頭が混乱してまいりましたわ。女王陛下とは、あの、この王都の大きなお城に住んでいらっしゃる、女王陛下のことで間違いありませんの？」

「他に女王陛下はいないと思いますが……」

「は、初めての、お仕事が、じょ、女王陛下の、お、お風呂番……？」

「そうですね。いやあ、女性だし、ちょうどよかった。助かります」

「……えへへへ」

笑うしかないような大仕事。

彼女はさっそく、現実にくじけそうだった。

あとがき

初めまして。この本を手にとってくださりまことにありがとうございます。

本作品は多くの方々に協力していただき、完成しております。

中でもよく顔を合わせるのが担当編集様です。声をかけていただけなければこのような機会に巡り会うこともなかったでしょう。拾い上げてくださってまことにありがとうございます。

イラストレーターの加藤《かとう》いつわ様には素敵なイラストをたくさんいただいております。女の子キャラももちろん好きですが、主人公のアレクに関しては特に、こんな『よくわからない存在である』ぐらいしか描写していないキャラをきちんとかたちにしてくださったなと感心しきりです。本当にありがとうございます。二巻キャラもお願いいたします。

最後に読者の皆様。本作はブラックジョーク系なので『意味がわからない』『頭がおかしい』と切り捨てられる覚悟もしておりましたが、受け入れてくださり、支えていただき、書籍化にこぎつけることができました。本当にありがとうございます。

協力に報《むく》いるためにも作者は力を尽くし書いていきますので、今後ともなにとぞよろしくお願いいたします。

稲荷《いなり》 竜《りゅう》

ダッシュエックス文庫

セーブ&ロードのできる宿屋さん
～カンスト転生者が宿屋で新人育成を始めたようです～

稲荷 竜

2016年9月26日 第1刷発行

★定価はカバーに表示してあります

発行者 鈴木晴彦
発行所 株式会社 集英社
〒101−8050 東京都千代田区一ツ橋2−5−10
03(3230)6229(編集)
03(3230)6393(販売／書店専用)03(3230)6080(読者係)
印刷所 凸版印刷株式会社

ISBN978-4-08-631145-8 C0193